MEMORIA EN RUINAS

Rodrigo Garnica

Primera edición, mayo 2021

Memoria en ruinas
ISBN: 9798748160247
© Casa Editorial Abismos
© Rodrigo Garnica
Dirección editorial: Sidharta Ochoa
Diseño de interiores: Pablo Isaac García Olán
Ilustración de portada: Evelyn Alarcón Siles

MEMORIA EN RUINAS

Rodrigo Garnica

Abismos
casa editorial

Para Asbel.

En cuanto al libro interior de signos desconocidos… para cuya lectura nadie podía ayudarme con regla alguna, esta lectura consistía en un acto de creación en el que nadie puede sustituirnos, ni siquiera colaborar con nosotros.

MARCEL PROUST,
El tiempo recobrado.

Escribiendo me libro de mí y puedo entonces descansar.

CLARICE LISPECTOR,
Un soplo de vida.

La vejez no es una batalla; la vejez es una masacre.

PHILIP ROTH,
El animal moribundo.

La vejez no es para los cobardes,

BETTE DAVIS.

I

1

Los pabellones de cancerosos generan el miedo absoluto desde su nombre: Oncología Quirúrgica. No entras en él por una gripe. Recorres con la vista los cubículos mientras te desplazas por el largo pasillo que te llevará a tu cama. La que te indique la trabajadora social a quien sigues dócilmente. Te ayudará a instalarte. Te dejará solo tu familiar, si lo tienes, porque fue a los trámites de tu internamiento. Y esperarás, porque los hospitales son, sobre todo, para eso: para esperar. Ni siquiera con la posibilidad de recibir una buena noticia. No hay buenas noticias en los hospitales. Todas, de aquí en adelante, serán malas. Y a pesar de que te dieron la indicación de cambiar tu ropa de calle y colocarte la ridícula bata por la que mostrarás el trasero, asomas al pasillo para contemplar, con cierto sentimiento de nostalgia, el último bastión de tu despreocupada vida anterior. Ya no es despreocupada. Ahora estás tan enfermo como las personas que miras a tu alrededor. Recuerdas que alguien dijo que la peor combinación que existe es la vejez con la enfermedad. La vejez, pase, porque antes de la enfermedad vives como un saltimbanqui a la edad que sea, como un bailarín de *tap*, así tengas ciento veinte años. Pero juntas son la catástrofe. Están los achaques, claro, pero son poca cosa comparados con lo otro.

No recuerdo qué sucedió en mi vida en algunos años que tal vez fueron claves para mí. Es un decir. El tiempo pasó a la velocidad de esos trenes europeos que viajan a 300 kilómetros por hora; los postes del camino cruzan como si fueran durmientes golpeando la mirada a cada instante; la imposibilidad de tomarse un tiempo siquiera para respirar profundo. Ni para comprender la razón de mi divorcio. Me equivoco, tengo una clara explicación: nunca pude superar la traición de mi mujer, "la traición de los miércoles". Mis atormentados miércoles en los cuales Patricia había sido de otro, aunque fuera sólo por unas horas: tan de él, tan acariciada por él, tan gozosos sus momentos —de los dos— y tan alejada de mí. ¿Y si repetía la experiencia? Patricia era católica, por tanto, aunque se arrepintiera, con la confesión quedaba lista para hacerlo nuevamente. ¡Ah, si al menos hubiera sido protestante! Preferí dedicarle un epitafio y elegí el bello poema de Efrén Rebolledo: "Mi corazón enfermo de tu ausencia / expira de dolor porque te has ido / ¿en dónde está tu rostro bendecido? / ¿qué sitios ilumina tu presencia?"

¿Qué haría yo ahora frente a ese extraño fauno, frente a ese monstruo de las cavernas: el amor? Enamorarme de nuevo, no tenía remedio. Porque encontré a Isabel. Y lo hice con gusto. Las dos cosas. Encontrarla y enamorarme de ella.

Mi historia con Isabel, en su comienzo, estuvo llena de tópicos. ¿Cuál no lo está? El maestro, en una edad madura, la joven llena de preguntas, no sólo en sus palabras sino en sus enormes ojos oscuros. Porque, para entonces, yo pasaba fácilmente como un maestro, aunque las dudas me comían a solas. Y la conferencia y la invitación para continuar en otro lugar y las entrevistas fuera del contexto original y el encuentro amoroso por fin. Llegué a casa, anoté en mi cuaderno: "Le doblo la edad. Conocí el amor de mi vida". Un año después o algo así, comencé a escribir una novela que abarcaba esa historia; no la he terminado aún, algún día lo haré. ¿Me había curado del mal de amores encontrando una cómplice? Tal vez.

Estaba enamorado cuando inicié la novela y eso me vino bien. No recuerdo quién lo dijo, pero estuve de acuerdo: es el mejor estado para escribir ficción.

El tema aparecía en mis demás textos porque era vigente para mí. El anterior se refería a un ideal, el nuevo, en cambio, se volvía tangible porque ella tenía un nombre y un rostro similares a la realidad. Sin embargo, seguía sin desentrañar los meandros del amor. El asunto resultaba amplísimo, desde las historias más ridículas y predecibles contadas por novelas y películas de ínfima categoría, hasta los poemas clásicos: Beatriz tenía doce años cuando Dante se enamoró de ella y Laura lo mismo al despertar la mayor pasión en Petrarca. ¿Lolita? ¡Claro! Doce años también: "La pequeña zarandeó mi pobre fuente de vida con energía y de la manera más prosaica… igual que si hubiera sido un adminículo inanimado desconectado por completo de mi ser". Era la primera noche que pasaban juntos en un hotel. Pero yo no enamoré a una niña de esa edad sino a una mujer del doble. No era una *nínfula* ni yo un *fáunulo*, aunque la gran diferencia de nuestras edades me emparentaba con los otros, quienes le llevarían unos veinte años a sus musas (sus musitas).

Isabel crecía ante mis ojos como un ser humano cada vez más fuerte, cada vez más autónomo. Estudiaba, cursaba su segunda maestría, parecía lista para el doctorado. Yo, que trabajé como vendedor toda mi vida, que hice todas las trampas posibles para sobrevivir, que mentí, que engañé, que di golpes a donde cayeran, me encontraba de pronto, a mi edad, con un ser puro, honesto, que lo único que deseaba era seguir estudiando y amarme. ¿Había yo ganado la lotería sin comprar boleto? Bukowski en el hipódromo apostando al caballo favorito y ganando como creía merecerlo. Freud recibiendo, por fin, el Premio Nobel de Medicina que deseó toda su vida. La casa en la playa o nuestra casa de la escritura en la montaña para dedicarnos a escribir. ¡Ah, por fin la vida era justa conmigo, yo que había hecho tanto por ella!

Y ella escribía muy bien. Y me amaba, lo cual me venía de perlas. Todo el trabajo a favor de lo nuestro fue hecho por ella. Yo era un mediocre gorila que rompía —por accidente— lo que encontraba a mi paso; floreros, vasos, vajillas enteras, lámparas hermosas, loza de Talavera, alguna figura de Lladró comprada con mucho esfuerzo. No había manera de controlar mis torpes desplazamientos en el ancho espacio del planeta. Ella sonreía; acabó comprendiendo mis simiescos movimientos. Dócilmente, recogía los trozos de la pieza rota, la nariz del Lladró, las orejas de las tazas de Talavera; los pegaba sin tener remedio o los tiraba en el bote de basura y no paraba de reír. Descubrí, entonces, que podía compartir mi vida con un ángel sin perder mi libertad: la de escribir la mayor parte del tiempo, no del tiempo libre, sino como una ocupación que me explicara el *engagé* sartreano. Y seguir siendo un gorila. Como una manera de ser, como la mejor manera de escapar del abrumador sentimiento de absurdidad que recibía en mi conciencia apuñalada, aún más ahora, por la edad que comenzaba a acotarme. Y la conciencia aguda de mi muerte no tan lejana.

Me acercaba a una edad peligrosa. No sabía la de Isabel, pero no podía dudar de su extrema juventud. El encuentro descartaba la posibilidad de hacerme ilusiones. Yo no sabía si era viejo o si debía sonreír para no decir mi edad si alguien preguntaba. Por supuesto, no podía percibirme joven y mucho menos en la órbita fresca de la jovencísima Isabel, de manera que no me quedó más que escribir una dedicatoria grandilocuente en el libro que presenté y coquetear torpemente desde mi atalaya de escritor, sin importar que fuera apenas conocido. Era yo un adolescente de casi cincuenta años definiendo mi futuro: jubilarme, escribir las horas completas del día; al mismo tiempo, desear con todas mis fuerzas que apareciera, en aquellos momentos confusos, la posibilidad de enamorarme de una mujer joven, hermosa y exigente. Con escasas esperanzas de lograrlo, decidí con valentía entregarme a esa noble causa.

Sucedió el milagro: los libros son el mejor anzuelo en la pesca a mar abierto. Además de la dedicatoria tuve la precaución de anotar mi dirección electrónica y varios días después la pantalla de mi computadora restalló con un correo maravilloso de la poseedora de la mirada penetrante y el largo cabello negro ensortijado. El primero de una serie, anterior a nuestros encuentros personales: los de los cuerpos, los de las sonrisas vivas, los de los desconciertos, los del enorme deseo carnal que yo creía olvidado.

A la vista las dos metas que cumplirían un destino: amar a una mujer excepcional y escribir *mi obra*. Se me ofrecía confirmar un lugar común que escuchaba desde mi infancia: "La vida comienza a los cuarenta". La vida no comenzaba a los cuarenta sino después, me convenía creer. Mi laberinto se ubicaba en mi cabeza, en ningún otro sitio, qué descubrimiento. Porque el resto de mi vida era este sonido y aquella furia y, efectivamente, no significaba nada. Con ese tesoro en mi cueva, con la ilusión renacida, había decidido ocuparme de un solo tema entre todos los posibles: ¡mi felicidad! Vaya asunto. Aunque debo ser sincero: no fue mi elección; como en otras ocasiones, como en el resto de mi existencia, mi participación voluntaria en el proceso fue mínima, partía de una idea vaga: no quiero perderla. La decisión provenía de la otredad absoluta: Isabel quería devorarme, dijo un tiempo después, incorporarme a su ser, asegurarse de que jamás escaparía. En cuanto a la escritura, evoqué mi adolescencia: una lista de profesiones para estudiar, a cual más apetecible, mi titubeo ante la Filosofía, ante las Letras, mi indecisa elección por estas últimas, mi abandono de la universidad y al final del camino, la escritura eligiéndome a mí, que no al contrario. Ello quería decir: no te ocuparás de otra profesión, no colgarás en las paredes de tu estudio los diplomas que las escuelas y los colegios te ofrecen, no engordarás ese pavo emplumado que llaman *curriculum* para terminar cenándolo en la navidad de tu vida, no recibirás homenajes por tu prolongada permanencia en un oficio y unos remotos méritos que ya habrás olvidado, no compartirás los delirios de grandeza sobre lo importante que eres en el mundo intelectual, que sólo evidenciarán tu pequeñez. No te ocuparás de hacer amigos sólo porque te conviene. Mis mandamientos por cumplir.

Me convertí en una abstracción. Isabel era mi guía, mi recordatorio de carne y hueso acerca de las maneras de mesa, mi aterrizaje forzoso en el terreno del disfrute; de no ser por ella, habría despegado del piso, volado a la luna, construido un submarino para una sola persona, explorado el laberinto de Alicia, perdido la razón, encontrado apetecible la locura. En vez de eso, alquilamos una pequeña casa trepada en una montaña, huimos de la ciudad, disminuimos los canales de comunicación con los demás y nos dedicamos a escribir.

Para entonces yo había escrito algunas novelas, publicado varios cuentos en diversas revistas y recibido algún reconocimiento. Hubo un tiempo en que quise olvidar el extraño acto de escribir, de redactar historias imaginarias; era consciente de que, después de todo, aquello no servía para nada, excepto para combatir el aburrimiento; carecía de importancia hacerlo y cuando estaba a punto de colgar la pluma, como se cuelgan los guantes de boxeo, como se cuelga la sotana, la escritura me redescubría, me elegía una vez más como lo había hecho desde mi adolescencia y forzaba mi mano a continuar. Viajaba para estar frente al mar, acompañado o solo ante las olas desplazándose o restallando en las rocas del acantilado, mirando a pequeños golpes de vista las hermosas mujeres en trajes de baño diminutos, obsesionado por llenar mi cuaderno en octava, de los que usaba Kafka, utilizando mi *roller* o la *Maisterstuck* de *Mont Blanc*, palideciendo y experimentando el retorcimiento en mis entrañas para extraer de los entresijos o donde se encontraran, las palabras que, al juntarlas, construirían aquel castillo gigantesco que cumpliría con el canon y llegaría, tras un enorme esfuerzo, al único paraíso posible tratándose del arte: la belleza absoluta.

Rentamos entonces la casa pequeña frente al enorme monolito. Al poco tiempo la pudimos comprar a raíz de que gané un premio. Y la colaboración de Isabel, hay que decirlo. El sueño de cualquier intelectual, La Cabaña de la Escritura. Así la nombré orgulloso. Isabel me volvió a la realidad diciéndome que el nombre lo había inventado Marguerite Duras: en su ensayo *Escribir* habla de su "casa de la escritura", situada en Neauphale-le-Château. ¡No es lo mismo!, me defendí. Ésta será la "cabaña" y la seguí nombrando de ese modo.

Más allá de la cadena de montañas que forma una gran pared continuando el monolito se encuentra el mediterráneo. Así lo dijo Isabel, aunque en realidad se trataba de los llanos y cerros de la Sierra Gorda de Querétaro. Para nosotros terminó convirtiéndose en el mar de la historia; con un poco de imaginación podíamos vislumbrar a Homero en la isla de Quíos cantando las rapsodias de *La Ilíada* y de *La Odisea* y más acá los paseos de Grace Kelly por la costa de Mónaco. Isabel y yo compartíamos ese delirio al tiempo que alternábamos la lectura en voz alta de *La Odisea*. Nos emocionábamos con la Telemaquia, esa expresión del amor de un hijo que suspira por recuperar a su padre. Entonces, ella iba para un lado y yo para el otro de la casa y no nos dirigíamos la palabra por horas hasta que Isabel o yo no soportábamos más y nos reuníamos para leer uno al otro lo que habíamos escrito toda la mañana; y para preparar el primer trago que nos gustaba como si fuera vino de consagrar. Yo escuchaba con atención y le daba mi punto de vista, aunque, por mi parte, prefería guardar mi texto para que reposara un poco, para que se horneara a calor lento y después sorprendiera a mi alma gemela.

Yo era más pudoroso que ella en todos sentidos. Llegada la primavera, en esos días en que el calor nos permitía el uso de ropas ligeras, le pedía que se despojara de una prenda y otra hasta la desnudez. Y que continuara sus actividades en esas condiciones, como si yo no estuviera presente. Ella se negaba de palabra al tiempo que retiraba la falda, después la blusa, después el resto. En medio de risas. Imitaba el desnudo de la esposa de Magritte posando para su marido: el color de la piel que vira hacia un tono azul semejante al cielo de fondo. Inventábamos nuestra propia galería y hacíamos el amor mirando desde nuestra amplia ventana el monumental monolito. Decir que éramos felices significaría un tópico que deseábamos evitar. Así que no usábamos esa expresión, más aún, no decíamos palabra alguna, cualquiera habría sido violatoria de ese momento litúrgico que dos laicos dedicábamos al silencio, como si incorporáramos el cuerpo de Cristo a nuestros seres, a pesar de no creer en Él. Era nuestra única actividad consagratoria.

Debíamos volver a nuestro departamento de la ciudad después de algunos días para cumplir con el ritual de entristecernos por la partida. Ello significaba interrumpir la redacción de nuestros textos y sufrir o disfrutar, según el caso, de la presencia de los otros. Ella era más civilizada que yo. Trabajaba en la universidad, toleraba a sus alumnos, algunos bastante zopencos, según pude intuir, aceptaba invitaciones para presentar libros de otros, formaba parte del jurado en un examen profesional, dirigía tesis de licenciatura. Yo, en cambio, había alcanzado una meta que me causaba estupor: carecía de compromisos, si acaso me ocupaba de una traducción o justificaba una beca que me había concedido el gobierno. Por primera vez en mi vida no debía vender algo para sobrevivir, no debía engañar a un cliente. Me separaba de las mentiras de la mercadotecnia y buscaba la sinceridad que evitara las falsedades habituales de mi discurso.

Íbamos a contracorriente de la especie y ello, en lugar de humillarnos en nuestra condición humana nos colocaba en el loco sitio de los desarraigados y nos volvía inmensamente dichosos. Así que no tuvimos hijos. Ni tiempo habría ante nuestras ocupaciones. Para mi sorpresa, ella aceptó. No era dócil, no se sometía fácilmente y su biología resultaba ideal, no sólo para engendrar un hijo sino varios. Entonces nos sobrevino un estado de iluminación que ha sobrevivido: escribir, en vez de reproducirnos, viajar, como una manera de ubicarnos en el mundo, construir, para poseer un sitio. Y amarnos. Frente al paisaje semisalvaje de nuestra ventana, en La Cabaña de la Escritura, leímos en alta voz el poema de Hölderlin *Lo imperdonable*: Olvídense de los amigos, búrlense de un artista, / denigren, rebajen a un espíritu profundo, / Dios los perdonará. / Pero nunca perturben la paz de los amantes. Mandamos colgar una placa de porcelana a la entrada de La Cabaña de la Escritura; en ella se leía: *Nunca perturben la paz de los amantes.*

Hacíamos el amor con pasión, pero también con una frecuencia casi deportiva, sorprendente sobre todo para mi edad. Apenas podrían creerlo nuestros amigos si hubiéramos cometido la infidencia de decirlo. Practicábamos una discreción de cartujos. Y muy pronto descubrimos que podíamos pasar días enteros en nuestra Cabaña de la Escritura sin necesidad de ver a nadie más. Volvíamos a la ciudad de México reconstituidos, como si bebiéramos algún elixir, como si nos vitamináramos y yo lucía cada vez más joven y ella cada vez más hermosa en su límpido camino hacia la madurez. Mantenía su belleza intacta, espléndido su magnífico cuerpo responsable de mi gozo entero. Nuestra felicidad sería eterna, creí. Eterna. En esas condiciones uno deja de atender el paso del tiempo, el avance de una edad cuyo significado se olvida; porque eso quería decir acercarme cada vez más al cadalso mientras ella vivía un florecimiento continuo. Aun ahora, asegura amarme como el primer día. Yo le creo porque me conviene, a pesar de los años que llevamos juntos y que, por más ejercicio que haga, por más alegría que me acompañe, debo darme cuenta de que mis arrugas del rostro son más profundas, los dolores articulares más intensos, el encorvamiento de mi columna más pronunciado. Ella insiste: entre más viejo eres más guapo y te amo más. Creerle o no debería ser mi única preocupación, de modo que opto por lo que más me conviene: le creo. No requiero otra cosa. Me basta para sentirme inmortal.

Hasta la aparición de mi enfermedad. Cambió nuestra historia porque el derrumbe se anunciaba.

Antes de enfermar uno no tiene cuerpo. Al menos, no hay referencias a él más que para vanagloriarnos de la elasticidad de los músculos y el buen funcionamiento de nuestro aparato digestivo.

Debo aceptar que me da vergüenza morir. No miedo, ni esperanza. Vergüenza. Que se haga de ello un acontecimiento social. Que algunas personas —escasas— lo sientan de verdad, pero deban convertir su dolor en una faena. Y que yo esté allí, sin moverme, sin taparme la cara cuando asomen al féretro para contemplar mi cadáver, sin que pueda participar ni decirles lo que me sucede. Inmóvil pero también inerme. ¡Con tantos pendientes! El mayor de todos, no estar más al lado de Isabel, dejarla sola.

Siempre tienes la oportunidad de corregir. De ofrecer una disculpa. Luego te explico. ¿Cómo decirlo? Pues morí. Espero que no te moleste demasiado. Lo siento mucho, fue sin querer.

Nada me dolía, nada me marcaba límites; ahora, todo me amenaza. Dejar de escribir es lo que más me asusta; no de publicar, pues eso está sujeto al azar. Perder el deseo del simple acto de redactar las historias imaginadas, aunque sepas que son sólo mentiras. Como todas las que he contado en mis cuadernos en octava. Convencer al lector ingenuo de que he contado mi vida y que leyó una autobiografía. Esa es la parte emocionante.

Todo eso recorre velozmente mi cabeza mientras veo pasar a un enfermo arrastrando su tripié que a su vez carga la venoclisis porque le dijeron que caminar es su salvación, sus intestinos sólo se moverán de esa manera. Más allá, alguien grita de dolor sin que pueda darme cuenta del motivo exacto de su sufrimiento. Y otra vez me lleno de palabras que no sé si tienen algún significado pero que revolotean por mi mente, igual a una enorme parvada que se retira a dormir. Lo mismo que haré en unos momentos. Lo peor de esta situación es el tufillo religioso que contiene y que había logrado desterrar hace muchos años: un final de partida, una rendición de cuentas: ¿Valió la pena? ¿Quedó algo por hacer? ¿Si volvieras a comenzar repetirías tu historia? No se nos ocurren otras preguntas, el vacío campea frente a los ojos, frente a los ojos del ser. Los recuerdos salvan, pero no acuden con la puntualidad deseada ni con exactitud. Inventas, dices que recuerdas, pronto descubres que no recuerdas nada. Sin datos públicos, incluidos los tuyos. Vacío absoluto, ideas vagas: trabajar, ganar dinero, tomar unas vacaciones, escribir un libro. No más. Y continuar.

No soy un optimista irredento, pero hay algo que desvía mi atención: siento miedo ante el dolor físico y ante el aburrimiento. La humillación del enfermo. Sentir que algo he hecho mal y llenarme de culpa: por lo que comí, por lo que no comí, por haber fumado o por no haberlo hecho, por beber en exceso, por ser abstemio, por mi mal comportamiento, por mi trato hacia las mujeres en ocasiones, por mis pecados, por mi culpa, por mi culpa, por mi grandísima culpa. Por ser ateo. Abrumado ante ese pensamiento tatuado en mi memoria desde muy temprana edad, abrumado por el recuerdo de mi abuela cristiana y alcohólica, por todos los males del mundo y por los seres conocidos y los no conocidos.

Mientras tanto, espero, como una sentencia, la convocatoria que me harán unos médicos encapuchados en su esfuerzo por salvarme la vida.

2

Escucho los sonidos del hospital. Voy despertando. Más allá el silencio. El sonido del silencio, el sonido de la nada, el sonido de la muerte. Me agita la anestesia. Estoy abierto en canal. No siento dolor, pero adivino mis órganos expuestos. Se han ido todos, el cirujano, sus ayudantes, el anestesiólogo. Pasa a mi lado un camillero, me prendo a sus ropas con ambas manos, está a punto de arrastrarme, de tirarme de la cama, acuden varias personas para someterme, lo consiguen, despierto mojado en mi propio sudor. La primera imagen: Isabel frente a mí llora sin dejar de mirarme. Nos miramos, vaciamos nuestros seres.

Me recupero de la cirugía, los ruidos se filtran, el silencio no existe, dijo una vez John Cage. Isabel ha ido a nuestro departamento, debe descansar después de la batalla que hemos librado juntos, después de pasar la noche enroscada en un sillón nada cómodo. Solo, no encuentro acomodo en mi cama, tampoco de pie ni caminando. Por eso escribo, porque no puedo hablar con nadie y no quiero olvidar. No permiten que los pacientes posean computadoras, ni celulares; me adapto a lo que hay, a la mesita tembeleque y a la silla dura de que dispongo. Soy ahora un cartujo en mi celda de meditación. Lo que no saben es que siempre he preferido escribir a mano, al menos cuando inicio algo.

No recuerdo fechas con precisión. Faltaban varios meses para el terremoto que destruyó gran parte de la ciudad de México; varios meses para que nos diéramos cuenta de que vivíamos acinados en absurdas colmenas de varios millones en un espacio irrespirable; que comprendiéramos lo equivocados que eran nuestros acuerdos sociales de la convivencia que estaban a punto de lanzarnos a un precipicio. Bastaba un solo papirotazo para diezmarnos, un papirotazo de Dios, claro. Sólo unos meses para recular ante el derrumbe inexplicable de edificios gigantescos que habían sido construidos entre el estruendo de aplausos y el casco de plástico y la regla de cálculo en el bolsillo de los orgullosos ingenieros. Apenas antes de que Patricia y yo interrumpiéramos nuestro acto amoroso, tembloroso, jocoso, porque la tierra se movía, porque los muros del hotel de paso tronaran, porque la Divina Providencia nos castigaba debido a nuestra concupiscencia prematrimonial. Y antes de que nos prometiéramos felicidad eterna mediante juramento frente a testigos y la creencia ciega de que nunca, en ninguna circunstancia, nos volveríamos a esconder para amarnos. Mucho antes de que, al salir del hotel, apenas dando la vuelta en la esquina, contempláramos, horrorizados, un espectáculo no imaginado: el montón de ladrillos, cascotes, varillas retorcidas, polvo hasta enceguecer, de lo que había sido, si recordábamos bien, una construcción de varios pisos en el que un grupo de personas hacía planes para el futuro: Cuando crezcan los niños, cuando terminemos de pagar la casa, cuando alcancemos la jubilación.

Trabajaba en una compañía farmacéutica trasnacional. Yo tendría alrededor de 30 años. Tal vez un poco más. Al comenzar el día pasaba a la oficina a programar mi jornada. Era la idea al menos: llegar temprano, charlar un poco con el supervisor, tomar nota de los mensajes y telefonemas recibidos en mi ausencia. Sabía que era una mentira eso de organizarnos; la pretensión era, más bien, ejercer un mayor control sobre nosotros, los vendedores; a las compañías les resultaba insoportable vernos tan libres, tan difíciles de ser ubicados durante las horas de trabajo; sabían que nos escabullíamos con facilidad; especialmente cuando nos requerían: un supervisor deseaba entrevistarse con nosotros, nos decía la secretaria; justo en ese instante entrevistábamos un cliente, decíamos, o tal vez visitaríamos a un gran distribuidor. Nada de eso era cierto, tal vez estábamos en una cafetería conversando con los amigos. Imposible localizarnos, no existían aún los teléfonos celulares. En venganza, inventaron lo de iniciar la actividad cotidiana con ese cambio de opiniones entre nuestro jefe inmediato y nosotros. Un sistema de vigilancia: *Vigilar y castigar*, como llamó Foucault a su estudio de las prisiones. Qué otra cosa podía significar. Si no lo hicieran, nos levantaríamos a las diez de la mañana, desayuno en el lecho, periódico desmembrado con minuciosidad, olor a lavanda cerca del mediodía sobre nuestros licenciosos rostros. Para evitarlo, al inicio de la mañana y de la tarde, se nos forzaba a rendir cuentas, a sostener ese espíritu de grupo tan caro a las compañías. Aun así, con frecuencia encontrábamos la manera de evadirnos: cerraríamos una importante venta a esa hora, resultaba imposible nuestra presencia en la oficina. Y podíamos dormir unas horas más y el periódico y la lavanda y el desayuno en la cama. De esa manera pasábamos los días de la semana alternados con otros de gran formalidad para no despertar sospechas. Y un día nos descubrían; los gerentes se irritaban, se reconocían en su verdadera dimensión: ellos, con sus trajes elegantes, sus viajes a las plantas centrales en los Estados Unidos, sus automóviles de ocho cilindros, sus casas de dos pisos en los suburbios, habían debido madrugar toda su perra vida, dar la cara por nosotros, los modestos vendedores, vivir aterrorizados ante la gráfica de las ventas y la posible llamada de larga distancia de Míster Roberts o Míster Smith: "What's going on, Mister González, losing control?" y la consiguiente lividez, la úlcera que se recrudecía, la hipertensión volviéndose loca en las sienes. Entonces se dirigían iracundos a nosotros, los visitadores médicos, nos despedían, peleaban cada peso de la liquidación como si fuera su propio dinero, terminaban dándonos lo que quisieran amparados por leyes tramposas y terminaban colocando una nota mala en nuestro expediente para cuando alguien solicitara información en el siguiente empleo.

Quedaba establecida la lucha: nosotros, atentos a las ventajas que podíamos obtener de las compañías haciendo nuestro menor esfuerzo, ventajas no siempre claras para hombres ajenos a nuestro medio: trabajar lo menos posible, reportar clientela nunca visitada, vender por nuestra cuenta algunas muestras médicas que son de obsequio quedándonos con el dinero, por supuesto, luchar por liquidaciones altas. Ellos a lo contrario: ofrecernos una mierda de comisión, engrandecer los monopolios de las empresas —para que ellos, a su vez, recibieran su mierda de comisión—, vigilarnos a través de otros miserables que en un tiempo fueron vendedores como nosotros y ahora habían ascendido, hacerse del rogar para comprar los automóviles que nos prometieron como parte de nuestro equipo de trabajo.

La batalla se iniciaba cada día, cada semana, cada mes. Algunos aguantaban, llegaban a supervisores, provenían de nosotros mismos, conocían los trucos y todos nuestros subterfugios. Eran los peores: se convertían en policías de primera, mordían rabiosos hasta arrancar el trozo. José Saramago los llama *capataces*. De ellos debíamos cuidarnos más que de ningunos otros; tenían ambiciones y carecían de la más elemental moral, venderían a su madre por un ascenso. Se habían tragado el cuento de que llegarían a gerentes de zona o regionales; y tal vez lo consiguiera uno entre cientos.

En el automóvil, mi pequeña catedral gótica, como lo llama Roland Barthes, parte de mí mismo desde hacía varios años, recorría calles diversas buscando distintas farmacias. Las conocía todas, pero había ocasiones, excepcionales es cierto, en que surgía una nueva; algún tendajoncito en el que a duras penas se expendía línea popular y algunos cuantos medicamentos más complejos y que un día desaparecía con la misma prontitud con que había abierto. Imposible resistir la competencia de las grandes cadenas como VYR o El Fénix y sus descuentos gigantescos. Y pensar que en el siglo diecinueve una conducta así se consideraba inmoral. De cualquier manera, en cuanto la divisaba acudía a visitar al dueño para ponerme a sus órdenes, anunciarle ofertas, explicarle algunas facilidades en sus pagos. Anotaba sus datos en mi libreta con la claridad y el entusiasmo con que se hace la marca en la corteza de un árbol: los amores conquistados, las víctimas muertas.

Con frecuencia hacía una escala. Entraba al café Toks de División del Norte, refugio natural mío y de algunos amigos. Si estaba solo intentaba escribir. Escribía a mano, era una ventaja. Usaba un cuaderno de tamaño medio, me hacía la ilusión de que era un *cuaderno en octava* que, según los biógrafos de Kafka, mediría 20 x 25 centímetros y, cuando me fue posible, un *roller* de *Mont Blanc*. Tenía ahora dos novelas terminadas sin publicar y varios cuentos y relatos que habían aparecido en algunas revistas.

No podía faltar un conocido: saludaba a distancia al compañero de oficio, las guías de su bigote apuntando al suelo, en plena decadencia. Mejor; aniquilar a los competidores, vieja consigna.

Entrar a esa cafetería me remitía a un pensamiento que me alegraba: reconquistar a Gloria. La buscaba estirando el cuello; con toda seguridad no era su turno, pensaba si no la veía. Recuerdo sus piernas suculentas asomando bajo la faldita que las obligaban a llevar en el trabajo. Recuerdo sus pechos, ¡que si los recuerdo! Su extraño vicio pidiéndome que se los estrujara hasta casi hacerle daño. Decía: ¡pellízcalos, muérdelos!, hablando de sus senos así, en tercera persona, como si no le pertenecieran. Y otras rarezas inconfesables. Sentía ganas de reír, pero la obedecía dócilmente. Gloria, deliciosa y perversa. Nos perdíamos en uno de esos motelitos de la carretera a Cuernavaca. Íbamos por la mañana, ella había terminado su turno de la noche, yo debía visitar farmacias y médicos en sus consultorios. Le pedía que me acompañara y concluía mis promociones corriendo y arrojando las muestras en las manos extendidas de las secretarias sin estar seguro de que las habían atrapado. Terminaba con rapidez nunca vista y nos enfilábamos por la carretera federal hasta el motel. Dos horas encerrados, duchazo juntos al final, la prisa siguiente, ella a casa de sus padres, la cara mustia como si nada hubiera pasado, yo lo mismo, llegando temprano a mi departamento para evitar las sospechas de Patricia, aunque arribara con la piel de los dedos fruncida por el remojo y un olor insultante a sexo y a jabón barato. Patricia: mi amor de ese tiempo, mi esposa de unos meses a esa fecha. Ella tranquila.

Ordené café y transformé la parte de la barra en un escritorio de trabajo, papeles y tarjetas en abanico, tratando de orientar mi actividad: lugar de comienzo, sitios a evitar, momentos de descanso, café repetidas veces y dónde la primera cerveza del día. Esa ocasión descubrí la necesidad de hacer una visita al centro de la ciudad; un negocio particular, me debían dinero, no podía postergarlo. Encendí un cigarrillo y recibí un golpecito de remordimiento sobre mi conciencia: no estaba bien vender las medicinas por mi cuenta; la imagen de mi propia persona se sacudió. Fue una ráfaga. Esas apelaciones a la moral no son más que medios de contención de la conducta por parte de los demás, nunca de mi parte, igual que nuestra obligación de presentarnos en la oficina a ciertas horas. Tras mi reflexión fumé relajado. Era lo curioso del primer cigarrillo del día, pensé, de esa primera taza de café fuera de casa; significaba dar movimiento a emociones y dudas, ojos que soñaban a través de los ventanales del restaurante, recuerdos eróticos disparatados y la sensación de que si permaneciera inmóvil correría el riesgo de ser aplastado por la obviedad de mi propia vida, allí, tan cuadrada, tan llena de lugares comunes, rodeada de otras así de obvias y así de planas, en peligro de aplastamientos similares. Por ello, preferí levantarme de mi asiento, pedir la cuenta, recoger mis cosas, coquetear un poco con la mesera en turno, cargar mi maleta hasta la siguiente escala, un cliente, con seguridad. Al salir, recorrí con mirada nostálgica cada rincón del restaurante con la esperanza, sabiéndola absurda, de encontrarme con Gloria; no estaba, me informaron, tenía ahora el turno de la tarde. Quizá alguna vez dejaría plantados a varios clientes, al supervisor, siempre pendiente del fiel cumplimiento de nuestro deber; quizá me animara a dejar plantada a la compañía misma y volviera a la universidad o quizá me ganara la lotería y entonces le tiraría plancha a todos y tendría el valor suficiente para orinar en la oficina del Sr. González, sobre su escritorio, exactamente encima del juego de piel que le regaló su esposa en el aniversario de bodas.

La calle me saludó con el sol sobre el rostro. El centro de la ciudad estaría en esos momentos a reventar de automóviles; preferí trasladarme en metro y dejar mi auto donde lo estacioné. Volvería más tarde por él. Desde donde estaba me lancé decidido hasta una estación de Tlalpan. Subí al convoy, otra forma de tormento, más cadenciosa, de cualquier modo implacable. El resto de mi tarea se volvió predecible: descender en la estación Allende, caminar por la calle de Tacuba esquivando las personas, incomodarme después de dos cuadras entre autos estacionados en doble fila, soportar comerciantes callejeros ofreciendo bisutería, las tiendas ruidosas que intentaban atraer la atención de los transeúntes con sus altavoces atronadores de música salvaje. Caminé sobre las calles adoquinadas del centro de la ciudad, cruce de caminos con hombres y mujeres que la viven o la visitan, los buscadores de un taxi, los que quieren hacer un negocio, como yo, los que desean realizar compras supuestamente más baratas.

Entré al edificio añoso de paredes descascaradas, húmedas y sobre todo tristes. Ascendí la escalera oscura, llena de vueltas inesperadas hasta llegar, al fondo del pasillo interminable, a un departamento adaptado a consultorio. La sala de espera con sus muebles antiguos de una belleza inexplicable: la cómoda *Early American* arrinconada, cubierta de libros y papeles viejos tal vez a punto de venirse abajo, los sillones destartalados pero mostrando la veta de buena madera, cedro o caoba, un viejo candelabro de ocho bombillas colgando del techo; el conjunto era una pequeña capilla barroca hasta la repugnancia. La luz artificial permanecía encendida aunque fuera de día y la clientela esperaba fingiendo tranquilidad mientras leía una revista o hacía conversación en voz baja. Debí esperar yo también. No había recepcionista. Pasé el tiempo escuchando los cuchicheos de los otros, en ocasiones chismorreando con ellos. Después de veinte minutos, media hora tal vez, el médico asomó tras la puerta del fondo, se despidió del paciente que salía, me miró con forzada discreción, sabía de sus negocios un poco turbios conmigo, controló la emoción suscitada por mi presencia. Parecía un juego, una historia de mafiosos llena de medias voces, señales en clave, sobreentendidos en las miradas. Tal vez por eso me gustaba hacerlo, más que por la ganancia: saber que tenía que acordar con él en esos términos de inmoralidad, de corruptela barata y que su amor por el dinero era tan fuerte como el mío, a pesar de la bata blanca, del título universitario, de la fotografía familiar que yacía sobre su escritorio. Nunca creí en los esquemas de los buenos y los malos, los policías y los ladrones, el cielo y el infierno. Ese hombre hacía lo que estaba a su alcance; ni siquiera engañaba a sus enfermos; me compraba muestras médicas, las vendía a su clientela, ganaba un poco de dinero extra y yo en consecuencia; nunca vi nada malo en ello, se trataba de uno de tantos arreglos a los que llegamos para sobrevivir. ¿Para sobrevivir? En fin, para comprar el televisor a colores, suscribirnos a un deportivo.

Concluimos de prisa nuestra operación clandestina. Me cubrió su deuda con toda formalidad, me dio una nueva cita. Prometí reunir la mayor cantidad posible de los productos. Nos despedimos. Me hubiera gustado decirle ¡Enterado!, como hacen en las viejas películas americanas en blanco y negro que veo por la tele y en las que el teniente de División de Detectives, Broderick Crawford o Edward G. Robinson, recibe el mensaje de sus superiores a través de aparatos de radio convertidos en piezas de museo. ¡Enterado! ¡Enterado! ¡Click!

Otra vez libre sobre el pavimento ardiente del mediodía miré desaparecer mi sombra bajo la luz violenta. El sol perpendicular caía despiadado sobre mi cabeza recordándome lo expuesto que resultaba caminar por la calle a pleno sol en el mes de mayo. ¡Ah, la primavera! Los hermosos campos de naranjos en flor que perfuman el aire con su aroma, los trigos requemados moviéndose apenas por el viento, el agua fresca de ríos improbables derramándose a cántaros. Nuestra imposible primavera suspirada dentro de los autobuses urbanos, de las salas de tortura de los carros del metro, la de las calles polvorientas y desgastadas de una ciudad marchita; la primavera grotesca en el altiplano de clima enrarecido, de multitudes confusas y ruidos atronadores de miles de automóviles. La estación del año tantas veces esperada y que siempre se nos escapa entre el hueco de las manos, como agua, como arena, como el tiempo, sin medida, sin remedio. Debe ser igual en cualquier ciudad del mundo en donde se encuentran y desencuentran el calor que asciende de las baldosas humeantes, las miríadas del polvo de los siglos, el humo de los combustibles modernos y el sudor de estos hombres que erramos, callejeros y maltrechos, en espera de una sombra que nos salve, nos brinde cobijo, nos arranque de una vez por todas del cocimiento a fuego lento que sufrimos.

En ese vagabundeo de cientos de pasos topé, casi por accidente, con la entrada del cine Savoy, escondrijo que inicia sus funciones desde la mañana. No lo dudé ni por un momento, entré al frescor de la sala donde encontré un mínimo refugio. En el pasillo rumbo a la sala miré de reojo los carteles que anunciaban la película: mujeres hermosas, aventuras sin fin, sueños y satisfacciones prestadas. Sentí una pequeña conmoción en mi pecho en el momento de abrir la puerta para introducirme en ese santuario de la distracción.

La película había comenzado ya. Al acostumbrarme a la oscuridad distinguí a unos cuantos espectadores dispersos por la sala. La penumbra era un manto que nos envolvía convirtiéndonos en cómplices del desasosiego. Allá afuera, a esas horas, muchos hombres y mujeres estaban en el acmé de su actividad productiva; nosotros, entre tanto, nos introducíamos en un túnel del tiempo para recibir, relajados y dichosos, la lista de mentiras que nos proponía el filme. Leí que una sala de cine es como una matriz gigantesca en donde recibimos un mundo entero sin el menor esfuerzo: calor, ternura, toda la fantasía posible, erotismo sin hacer un solo movimiento. Envío un rezo por las matrices gigantescas.

Pesqué comenzada la película. Escenas confusas: la rubia incendiaria a punto de ser seducida por un improbable galán de elegante vestimenta y pelos relamidos. Pronto, la rubia quedaba semidesnuda; pechos de fuera, forcejeos, besos aceptados y rechazados a un tiempo, gemidos que tratan de ser excitantes, violencia, sexo, intriga, ¿falta algo? La sala en un silencio total, los mirones fascinados con la rubia y con la escena y la disparatada propuesta, porque toda la acción sucedía en el interior de un elevador. El cine fue siempre mi pasión por eso: lo imposible en un ambiente de realismo engañoso. Una mujer se desnudaba en un elevador, la tomaba entre sus brazos ese hombre que era yo, que éramos todos, que no era nadie en realidad. Unos cuadros más y el éter y el vacío lo invadieron todo, convirtiendo nuestra incipiente pasión en pálidos recuerdos de la nada. Nuestra fisgonería de espectadores matutinos quedó satisfecha con varias muestras más del cuerpo nacarado de esa violeta que se desnudaba por ser primavera, porque se aburría, por una paga. La historia se torcía y lentificaba hasta límites insospechados y poco antes del final dejé mi lugar. Abandoné la salita oscura con el recóndito temor de toparme con las caras culpables de los demás espectadores. Mientras caminaba a tientas buscando la salida alguien, desde el fondo de la oscuridad cerrada de la noche artificial, emitió un ronquido feroz para aclararnos su condición: la película lo había aniquilado, podíamos irnos todos al demonio.

Un día de primavera es una suerte de fiesta perenne si uno lo recibe a la orilla del mar: el sol, la arena de la playa, el vaso colmado de bebida fresca. En el centro de la ciudad, en cambio, se convierte en una gran alucinación en la que el nudo de la corbata es la cuerda del ahorcado. El pavimento se incendiaba. Los automóviles hervían mientras los conductores se derretían dentro.

Tras otras visitas por la misma zona di por concluida la mañana de trabajo. A esa hora, con aquel clima, nadie estaría dispuesto a hacerme pedidos, ni siquiera a escuchar la serie de mentiras que debía decir: que vendía el mejor antibiótico descubierto en los últimos tiempos, que los vasodilatadores cerebrales le quitarán la chochez a sus abuelos, a ellos mismos. Y estaba la cerveza helada de rica espuma juguetona que me esperaba en algún sitio y mi cuaderno en octava para anotar los cuentos que escribiría o el inicio de un capítulo de mi novela. Siempre creí que las mentiras podían tolerarse mejor calmadas la sed y el hambre. Y eso por no llevar las cosas a sus extremos, con hambre o sin ella, como en ocasiones me sucedía: ¿Para qué hacerlo? Miraba a los hombres y a las mujeres pasar a mi lado; observaba sus portafolios de tamaños diversos, parecían flotar sueltos en el aire; los adivinaba robustos, engordados como animales de granja a base de recibos, de pedidos, de facturas, de toda la lista de instrumentos de fe intercambiados en *el mundo de los negocios*. Me preguntaba entonces y me lo pregunto aún: ¿Qué pasaría si se estropearan todas las computadoras? ¿Si un enorme incendio terminara con los archivos de todas las empresas y todos los gobiernos? Y con los pasaportes y con las actas de nacimiento y con las cartillas militares y de pronto nos viéramos sin papeles o simplemente nos pusiéramos de acuerdo para negarnos a pagar lo que debemos, aceptando ir a la cárcel, o la cárcel perdiera su sentido porque la policía se negara a cumplir órdenes de arresto, los fiscales a pedir castigos, los jueces a dictar sentencias, los carceleros a echar llave a las celdas de los prisioneros, los empleados de los bancos a cuidar el dinero que no es suyo, los guaruras a proteger al político en turno, los niños a obedecer a los maestros y a los padres, las personas a trabajar y los cuidadores de los zoológicos a mantener encerrados a los animales salvajes. ¿Y qué pasaría si yo me introdujera en la Dirección de mi compañía para decirle al Jefe que era un pobre idiota y los empleados nos burlamos de él, lo imitamos, lo detestamos? ¿Quiénes? Todos los que trabajamos en la compañía, desde el velador hasta los supervisores, desde el jefe de producción hasta las secretarias, el jefe del almacén, los vendedores por supuesto; que reímos hasta dolernos las quijadas ante sus discursos absurdos que tratan de levantarnos la moral para someternos mejor. Porque lo hacía en cada oportunidad: se plantaba frente al grupo, uno ochenta de estatura, simpático, la voz entrenada en uno de esos cursos de cómo hablar en público. Sonreía, regañaba paternalmente, su emoción iba en aumento, soltaba la lista de consejos que creía oportuna, la de siempre, por cierto, aunque remozada, igual que palacios viejos, para concluir con la anécdota personal, la suya, la única: él comenzó desde abajo, como cada uno de nosotros, él estaba recién casado y con todo el futuro por delante, como la mayoría de nosotros; y a base de esfuerzo, trabajo, agresividad —no se les olvide, muchachos, ¡agresividad! —había llegado a donde lo veíamos ahora, igual que algún día podríamos hacerlo nosotros. ¿No era maravilloso? Esto último no lo decía él, lo comentaba después alguno de sus resonantes, nuestros supervisores. Y yo me desconcertaba con la pregunta que me perseguía desde varios años atrás: ¿trabajar para qué?

Como me sobraba tiempo me detuve en el bar La Luz, de la calle Gante. Me lo había ganado, pensé. Por fin la cerveza que llevaba horas esperándome, el emparedado de carne tártara, el disfrute a distancia de los demás bebedores, mi cuaderno en octava. Que nadie se me acercara. Volví a la pregunta inicial, a la de siempre: ¿Por qué hacerlo? ¿Beber la cerveza? ¡Claro que no! El trabajo. Y mi respuesta automática: ¿Por qué no? Necesitaba dinero, debía ocupar mi día. Al menos había encontrado una respuesta. En otros tiempos prefería regresar a media mañana a mi departamento, meterme en la cama, ver la televisión por horas; cuando menos lo pensaba, ¡zaz!, otro empleo perdido. Comenzaba de nuevo la búsqueda, sobrellevaba el escepticismo de siempre. Ahora me sentía un hombre formal: me había casado, estaba enamorado de mi mujer, conservaba el empleo desde hacía casi un año. No es que viera todo con más claridad, lo más probable es que ya me aturdía más fácilmente; cuando levantaba la vista y quería asomarme al mundo me encontraba con la mata de cabello color marrón de Patricia, sus dientes en orden perfecto, su delicado cuerpo, mezcla de umbrales apasionantes y premoniciones tibias. Pasaba los días sin darle oportunidad al desaliento. Otras veces eran los compañeros de trabajo quienes me sacan a flote. Hasta que volvía a estar solo y la vocecita me susurraba algo al oído recordándome que tenía un asunto pendiente conmigo mismo, con mi vida, con lo que debería hacer con ella alguna vez. Con la voluntad de escribir. La misma voz que me diría el momento preciso en que debía comenzar a polemizar, es decir, ese parloteo amorfo soltado a chorros los fines de semana para discutir con los amigos el sí y el no de algo que olvidaré enseguida, vasos que ruedan por el piso hasta formar una alfombra de vidrios rotos, gargantas enronquecidas a gritos. Filosofía, decíamos. Y había que escribirlo. Porque si no lo escribía, si no inventaba una historia pensaría que aquello no había sucedido: ni el debate, ni las ideas, tal vez ni siquiera el encuentro con los otros.

Después del bar la calle otra vez. Eterno destino. El descenso a la terminal del metro se convirtió en un acto de purificación aunque fuera sólo por un momento pues, enseguida, mostró su propia sordidez: un instante órfico, un descenso a los infiernos.

Los pasillos estaban frescos y extrañamente solos. Un aire de modernidad lo invadía todo: caminar deprisa, ascender la escalera brincando de dos en dos los escalones, no había tiempo para mirar los carteles de los muros. Rapidez, eficiencia, agresividad, muchachos, decía el Director, lo dirá siempre, lo seguirá diciendo años después de escuchárselo por primera vez. Miles de Directores Generales lo estarán repitiendo en el mundo entero. Abordé el convoy, traté de acallar la voz, de guardar silencio de una vez por todas. Yo podía hacerlo, mi cabeza no. ¿Cómo escribió Beckett? "...nunca hubo nada, nadie más que yo, nada más que yo, hablándome de mí, imposible detenerme…"

Llegué a la oficina para nuestra breve reunión de la tarde. En el salón de juntas los vendedores fumábamos, tomábamos café, nos despatarrábamos. En algún momento analizábamos el plano de la ciudad con los alfileres clavados: una cabecita verde, se estaba cubriendo la cuota, una amarilla, se iba por debajo, uno roja y las ventas se arrastraban penosamente, era probable —¡horror!— que no se alcanzara a cubrirla. Siempre me pareció lamentable ser exhibidos de aquella manera, a la luz de todos, el alfiler llevaba el nombre de cada vendedor en un pequeño letrero prendido a él, pero era una regla; eso nos estimularía a no permitir el rezago; nunca el alfilercito rojo en nuestra zona. Y luchábamos con todas nuestras fuerzas, con nuestras endemoniadas fuerzas, para evitar la vergüenza y la merma en la comisión de finales de mes.

Tras nuestra junta todo se resolvía en las naderías de siempre. Las despedidas rutinarias, las promesas de que un día no muy lejano iríamos a tomar café, una copa tal vez, una gran aventura porque, ¡qué caray! el compañerismo, la hombría, la enormidad de asuntos pendientes que debíamos tratar. Así los meses, los años, a nadie nos interesaba llevar a cabo, ni aproximadamente, la amenaza de continuar el trato más allá de las formalidades del trabajo. En lugar de eso, cumplíamos con el ritual de mostrarnos respetuosos, levemente irónicos, la simpatía mutua, los buenos deseos y salíamos satisfechos de nuestra guarida con la firme intención de trabajar duramente por el resto de la vida.

3

Viajaba por el laberinto de la ciudad con la única meta de hacer como que trabajaba. Y para encontrar alguna mujer en mi camino. Mi determinación no dejaba dudas; inventaba fuerzas telúricas, me gustaba sentir que era víctima de mis instintos, tenía una buena explicación a mi conciencia para mantenerla sometida: amaba la vida. Como esa vez.

Una tarde la circulación de los automóviles se volvió demasiado lenta. Encendí el pequeño radio del auto y subí los vidrios a pesar del calor; el ruido de fuera resultaba insoportable. Podía suceder lo extraordinario y sucedió: me detuve ante un semáforo en rojo y una muchacha con pantalones de mezclilla entallados y unos libros abrazados contra el pecho, me pidió que la llevara. Es su problema, pensé; si la secuestro, si la violo, si la desnudo aquí en el automóvil, como sucede en las películas de ínfima categoría que disfruto en las funciones matinales, es su asunto, y abrí la portezuela para que tomara asiento.

Es la vida en la calle, pensé, mientras saludaba a mi nueva visitante. Una linda morena con voz de soprano, candor en la mirada, ojos asustados y decisión en sus movimientos. Era lo que tenía a mi derecha. Hablamos lo de siempre: su nombre, el mío, nuestras ocupaciones, fascinantes, claro, un poco trágicas, sonrisas vagas, tímidas, mientras ganábamos en confianza.

Mi recorrido me llevó a la colonia Roma. En ese momento apareció en mi cabeza una luz maliciosa que me hizo recordar que en la avenida Álvaro Obregón existían unos baños de vapor, baños *La torre*, con su gran chimenea arrojando humo blanco que nunca supe si era verdadero vapor o producto del combustible usado en el negocio, convertido en polvo contaminador. Me tenía sin cuidado lo que fuera, no estaba de moda el peligro de la contaminación ambiental, más bien, lo que ocupaba mi pensamiento era la propuesta que estaba a punto de hacer a mi compañera de viaje y que al fin solté con cierto desparpajo: ¿Te gustaría que tomáramos un baño en ese lugar, relajarnos, un masaje tal vez?, creo que dije. Casi no terminaba de hablar y ya me arrepentía ante el atrevimiento de mi propuesta. Sufrí la mayor sorpresa del día: la linda morena que venía a mi lado desde hacía varias calles aceptó mi petición con un sí tan discreto que apenas alcancé a oírlo. Sin darnos tiempo al arrepentimiento —yo también corría el riesgo de sufrir un ataque agudo de pudor— enfilé el coche hacia el negocio y entré al estacionamiento del hotel contiguo. La ayudé a bajar del auto deseando que ese gesto poco usual entre los habitantes del país abonara a mi favor (también para estar seguro de que no me arrepentía y, efectivamente, mi compañera era una mujer bella). Tomados de la mano recorrimos los pasillos y puertas entornadas que comunicaban al hotel con el negocio de los baños.

Tras el pago y después de recibir toallas y jabones entramos a una pequeña habitación que en realidad eran dos gracias a una mampara que hacía las veces de pared incompleta y sin puerta. El primer cuarto tenía una cama estrecha que más bien parecía una camilla de ambulancia y que debí entender que servía para recostarse mientras se era masajeado. El segundo era el del vapor y la regadera. Mi compañera pidió que me quedara en ese cuarto mientras ella se desnudaba en el primero. Minutos después salió envuelta en la toalla y dijo algo como ahora tú. Obedecí, fui al 'vestidor', miré su ropa acomodada en la camilla, sus zapatos de altas plataformas en el suelo y no quise pensar en nada más. Me desnudé a toda velocidad y me envolví en mi propia toalla. Obedecíamos a las imágenes del cine: ella amarró su prenda arriba de los senos y dejó al descubierto una parte de sus muslos y unos deliciosos hoyuelos en sus hermosas rodillas que se redondearon al tomar asiento. Yo, por mi parte, hice un nudo en mi cintura con la toalla que me tocó y me acomodé a su lado en la misma banca. El vapor nos perló los cuerpos de inmediato y apenas hablamos: qué agradable, qué rico, mmm, aaaah, cosas similares; nada que nos comprometiera, que rompiera el momento de excitación y nerviosismo que seguramente compartíamos. Sucedió entonces el milagro. Se despojó de la toalla que la velaba en parte y, desnuda, abrió las llaves de la regadera, tocando con una mano las pequeñas gotas acariciadoras; necesito un baño, creo que dijo. Casi no escuché. Por unos segundos contemplé extasiado su cuerpo hermoso, armónico, con las protuberancias que debía tener un cuerpo joven, con los valles donde debían existir, con la elasticidad que correspondía a su edad. La seguí. Arranqué mi envoltura y me abracé a ella. Me devolvió el abrazo y nuestros cuerpos comenzaron a realizar su propio juego de choques y separaciones. Siguieron los besos y, un poco a tientas, con el agua escurriendo de nuestros cuerpos, llegamos al camastro para tocarnos las pieles empapadas. Hicimos el amor teniendo como fondo el sonido de la lluvia artificial de la regadera pues a ninguno de los dos se le ocurrió cerrar las llaves. Como verdaderos cirqueros llevamos a cabo las contorsiones necesarias para no caer al piso. Debimos continuar de pie o casi, olvidándonos de la decente posición del misionero y evocando, más bien, a todos los animales que se colocan como si jugaran al trenecito.

No sé cuánto tiempo habrá durado nuestra fiesta privada pero cuando salimos del lugar no había anochecido del todo.

Manejé por una calle solitaria para evitar el exceso de tránsito. La tarde terminaba por momentos, no faltaría mucho tiempo para que se instalara la noche. Nos acompañaba el silencio dentro de nuestro vehículo, interrumpido sólo por una música de cuerdas proveniente del radio (Albinoni, con seguridad, pensé). Y, súbitamente, allí estaba, diáfana y brillante, la felicidad: una mujer joven junto a mí con la que acababa de hacer el amor, la tarde repleta de nubes rojizas que parecían girasoles encendidos, la música de Albinoni dentro del automóvil y el silencio complaciente de una calle que anochecía. Sonreí a mi compañera, ella respondió igual mostrando una dentadura perfecta, como si se tratara de un anuncio, desde su boca morena. Recogía su imagen a pequeños golpes de vista, como fotografías; adiviné desde un principio que era hermosa, ¡lo acababa de comprobar! Describí mi trabajo con detalles exagerados, su enorme complejidad; salpiqué de actos heroicos mi sosa rutina, negué a Patricia, negué el matrimonio, principio básico de cualquier pretendiente a conquistador, hablé continuamente, más que nada porque hablar era una ilusión que acallaba el horror si aquello terminaba, porque sabía que terminaría, porque había terminado antes siquiera de comprenderlo. Salimos de la calle solitaria a una nueva avenida ruidosa, la radio anunció a Pergolesi, no a Albinoni, la muchacha descendió del auto dejando anotado su nombre y su teléfono en un papelito suelto, nos prometimos llamadas mutuas, inmediatas, en un futuro no muy lejano, dijo ella, eterno, intuí. La miré alejarse a pasos cortos empequeñecida en la imagen del espejo retrovisor.

Me encontré de pronto al lado de un parque público, el auto estacionado, nuevamente la vieja sinfonía de disonancias callejeras que había dejado atrás. Acepté la invitación implícita de descender para caminar por el jardín. Se produjo un nuevo cambio entre la avenida ruidosa y aquel simulacro de bosque de fresnos, eucaliptos y amplias enramadas abrazando los troncos. Sentado en una de las bancas miré el cielo cargado de nubes grises que huían asustadas. Pensé en la muchacha recientemente conocida, amor de un instante si pusiera a trabajar la fantasía. Las mujeres libres ya, haciendo lo que quieren con su sexo y cuando lo desean, pensé. En el tiempo en que duró nuestro encuentro no la llamé por su nombre. ¡Casi no hablamos! Fue una ráfaga que refrescó no sólo mi cuerpo, sino mi alma también. Y sería igual para ella. Con los brazos cruzados sobre el pecho decidí olvidarla para siempre. Tiré el papel con sus datos a donde cayera y antes de que apareciera un niño explorador que me reconviniese por mi acción, me levanté para dar un paseo.

El jardín iba quedando solo. Unas cuantas parejas se dispersaban por lugares estratégicos para entregarse a la desaforada batalla de la mano que palpa y la mano que detiene, de los besos violentos que enrojecen la piel, de las tibiezas y humedades que recorren el cuerpo entero. Patricia y yo comenzamos de la misma manera: en un jardín como éste o en el automóvil a la mitad de las tardes de mayo o de junio, con el calor untuoso sobre nuestras pieles, preámbulo obligado a la toma de decisión de acomodarnos mejor en los hoteles de paso. Por fin lo hicimos: azorados, llenos de truculencia nocturna, comenzamos a asistir a esos hoteles; después repetiríamos, una y otra vez, con menor vergüenza, el mismo recorrido, hasta con alegría exultante, cínica, empujones y codazos, un poco de alaraca para demostrar algo, refinamientos sensuales que nos llenaron de satisfacción. Pienso ahora que por eso nos casamos: habíamos agotado el recurso de la clandestinidad, nuestra vida en común debería señalar hacia algún punto visible; nos sentíamos obligados a cumplir un destino. Pero nos iniciamos en un jardín público como éste en el que me paseaba ahora, húmedo y tibio y pleno de escondrijos voluptuosos. En silencio, inventé un sonoro canto en honor de las parejas que se besan y acarician tras los troncos de los árboles y soñé con poseer uno de esos hoteles de paso a los que asistíamos Patricia y yo para recibirles con las puertas abiertas y desearles que se amaran desatadamente, que lo hicieran antes de que ella comenzara a trabajar como secretaria en algún despacho y él ingresara a una compañía donde colocan alfileres rojos en los mapas si no se cumple con el deber; antes de verse obligados a escuchar las conferencias amedrentadoras de gerentes y supervisores; mucho antes de mirar partir, imposible ya y de allí en adelante ajeno, el amor iluminado que se pierde con los años.

Terminé mi día de trabajo por fin. Lo realicé como siempre, ni mejor ni peor; las últimas horas forzándome un tanto, deseoso de acabar pronto, llegar a casa, abrazar a Patricia; mis clientes sentirían lo mismo: observaba sus rostros fatigados, el sudor de la tarde, de todo el día, la rabia contenida porque no concluimos de una vez. Agradecí su atención llena de buenos modales, su fingido interés, su tolerancia; los compadecí también; ellos se lo habían buscado. Me alegré no ser uno de ellos; prefería contemplarme como un empleado sin más destino que amar a su mujer, abrazar a sus amigos, compartir una copa con todos ellos, no esperar absolutamente nada más de la vida. Sin resentimientos, compadecí a todos esos hombres que se han fijado un destino siempre más alto de lo que realmente desean tan sólo para dar gusto a sus padres, a la esposa, a la amante en turno y creí que la libertad que disfrutaba, que aún disfruto, me aproximaba a la gloria y a la salvación con más seguridad que esos miserables pergaminos que colgaban de las paredes llenos de garabatos ilegibles y fotografías añejas. ¿Escribir? Eso era otra cosa. Lo intentaba con total irresponsabilidad, pero con enorme gozo. Nunca había sufrido por ello. Me parecían unos payasos esos escritores que lo declaraban: el miedo a la página en blanco, el desgarramiento mientras se redacta una novela. Concluí que si dejaba de escribir no pasaba nada, era del todo intrascendente. Era yo un aprendiz. Pensé: ya hay más escritores que lectores así que da lo mismo seguirlo intentando o no.

Orgulloso, arrojé mi chaqueta sobre el asiento trasero del automóvil y regresé a casa canturreando.

Era noche cerrada cuando entré a mi departamento y escuché a Patricia relatarme su día. Trabajaba como secretaria en una oficina de ingenieros y matemáticos que vendían computadoras y daban cursos de cibernética; el campo apenas se iniciaba; su trabajo era interesante, aunque sus jefes abusaban, como en todas partes: la habían contratado por seis horas al día, pero invariablemente, la mantenían ocupada más tiempo, apenas si podía salir a comer algo, en ocasiones incluso debía hacerlo en la oficina, comida hecha que encargaba a la fonda cercana. De allí salía corriendo a la universidad para asistir, como oyente, a unos cursos de pedagogía.

Devoramos unos panes largos rellenos de carnes frías que ella preparaba; no era una gran cocinera y contaba con poco tiempo; no me importaba, siempre se lo dije; ella me agradecía que yo fuera tan considerado y me lo demostraba;

yo le agradecía que ella me agradeciera y así hasta el infinito.

Quedamos satisfechos y relajados, sintiendo la ligera brisa que entraba por el balcón del departamento. Terminé mi cerveza recargado en el barandal mirando los autos de la avenida cercana pasar disparados rumbo a la noche y a la nada; una pequeña basura entrando en los ojos.

Cuando Patricia me alcanzó en el balcón nos acometió, como todas las noches, un ataque mutuo de bostezos y desperezamientos. Nos hicimos bromas acerca del tamaño de nuestras bocas al abrirlas, inventamos competencias sobre ello hasta que los ojos se nos arrasaron con lágrimas de sueño y parodias de sufrimiento. No había lugar para la tragedia. Clase media pura: mesurada y tranquila, sutil y prescindible, igual que los suaves vientos de primavera, sin mayores tormentas, recogida e insulsa. Nuestras noches eran normales, sus cielos despejados. Nunca encontraríamos caminos heroicos que se convirtieran en un reto. Allá, en el fondo de nuestro corazón, latía el deseo de creer que nuestra vida podía estar teñida de otros colores, de otros finales más dignos y brillantes, casi olímpicos. No la fama, ni siquiera la fortuna, sino la posibilidad de que un hombre como yo, unos médicos como los que visitaba, el tendero de la esquina, el farmacéutico, fuéramos llamados por otras ilusiones que pasaran de comprar un condominio, el otro automóvil que estaba requiriendo Patricia, de llegar a tener hijos que asistieran a escuelas de altos precios. Entre bostezos hablé de esos hombres y esas mujeres que sosteníamos con nuestro esfuerzo y nuestros miedos todo el acuerdo social; nos mereceríamos una mejor suerte, un mejor trato, ilusiones más sólidas, destinos más hermosos.

En el recuerdo, no hay nada que disfrutara tanto como la compañía de mi mujer. Admiraba su coraje por decidirse a vivir con un extraño, dejar el hogar de sus padres, lanzarse a esa aventura de compartir el detalle y la mayor intimidad conmigo, con alguien a quien no conocía del todo. Es por eso que sentía que nuestro amor era lo único digno que poseíamos en el cubo de nuestra existencia.

Quedé silencioso porque al contemplar la noche mi cabeza iba quedando vacía y miré a Patricia hasta que ella volteó, sonrió para enseguida abrazarme. Comprendíamos que ese silencio era otra forma de diálogo entre nosotros.

Cansados, entramos a nuestra alcoba a recibir, extenuados y desnudos, la luz artificial de los enormes arbotantes de la calle.

4

No teníamos hijos ni podíamos tenerlos. Estábamos sentenciados. Patricia lo habrá sufrido un tiempo, yo no. Durante una época su deseo principal era tener hijos, formar una familia, si no numerosa, cuando menos algo parecido a lo que aspira la clase media: un niño y una niña, una casa propia, escuelas particulares para los pequeños, vacaciones en la playa dos veces al año. En la televisión lo veíamos. Había unas escenas idílicas: él, a la mitad de la vida, fortachón, medianamente guapo (tampoco era cosa de exagerar), ella en bikini, esbelta, de buen ver todavía, ni una huella de alguna cesárea, nada de estrías, había tenido dos hijos como la virgen María, conservando la virginidad y el cuerpo apetecible. Remataba con los hijos: un par de querubines que no se orinaban en la cama ni se sacaban los mocos mientras veían la tele, ni obligaban a los padres a enfrentar a la directora de la escuela por el reporte de mala conducta o bajo rendimiento y que sólo servían para una cosa: mostrar lo felices que eran al lado de sus padres.

No lo sufrí porque a mí me daba lo mismo. Aquello de tener hijos o no tenerlos. Vivía el azoro del macho de cualquier especie de mamífero cuando contempla una cría y no acaba de comprender —aunque se lo expliquen cientos de veces— qué relación hay entre aquella deliciosa penetración en el cuerpo de la mujer que ama y el amasijo de carne rosada al que entran y del que salen sustancias diversas para —le dicen— sobrevivir, crecer y hacer idioteces.

Estaba en pleno triunfo el uso de métodos anticonceptivos, especialmente la pastilla y por un tiempo atribuimos a su uso el hecho de nuestra infertilidad. No fue así, nos desmintió el médico, pero no hicimos más por encontrar al hijo que no llegaba. A la postre nos resultó mejor: se convirtió en una decisión para toda mi vida.

Lo lamentaba poco, estoy seguro. Podía disfrutar a mi mujer sin compartirla con algún ser extraño que se acurrucara nueve meses en su vientre y soltara un desagradable llanto para anunciar su llegada. Así que vivíamos una resignación jocunda que nos permitía viajar, más por nuestro mundo de ilusiones que por la realidad, bastándonos dar gracias al cielo, a los antiguos dioses aztecas, a Zeus o a quien se nos antojara, por la buena suerte que teníamos y que nos permitía recibir las cosas como venían, como dice Levi-Strauss que hacen los indios americanos o como los chiflados budistas que nunca he acabado de comprender. Desde el principio fue así.

Patricia era el silencio respirado junto a mí, las cobijas revueltas y en ocasiones arrojadas lejos a causa del calor o los ensueños. Era, también, la última presencia humana de mi día fatigado y anodino, como una despedida temporal del mundo porque las figuras artificiales del televisor no contaban, no contaban las películas nocturnas o los noticieros de la medianoche que aceptábamos con pasividad. Por mi parte, me conformaba con mi habitual insomnio. Patricia era también ese pequeño salto que le provocaba al llamar su atención sobre algo que me había interesado en la pantalla, sin darme cuenta de que ella dormía quién sabe desde cuándo. Y era, además, el calor y el latido de su cuerpo junto al mío, sus movimientos erráticos, sin dirección, los quejidos incomprensibles que la convertían en una compañía apasionante a pesar del sueño que la sometía desde temprano. Dormir fue siempre uno de sus gustos más arraigados. Dormir y comer. Era una verdadera casualidad que no estuviera del ancho de la puerta. Al contrario, su esbeltez y su fuerte estómago lograban la combinación más deseada de nuestra cultura: comernos el mundo, mostrarle nuestra belleza.

Íbamos con frecuencia a restaurantes de medio pelo. A bailar a barecitos de dudosa decencia. No podíamos ahorrar un centavo; la fecha de nuestra boda debió posponerse en dos ocasiones por la imposibilidad para cubrir los gastos, aparejado al orgullo de no recibir ayuda de nadie. Éramos dignos, hicimos el pacto de arreglarnos siempre solos como una forma de asegurar nuestra libertad, como una manera de ser solidarios. Cada posposición arrancaba sonoros suspiros al padre de Patricia, no sé si de alivio o de impaciencia por no ver realizado nuestro proyecto. Debió pasar un tiempo más largo para que lo hiciéramos: casarnos, vivir juntos, transformar nuestra relación en algo sólido y rutinario como fue nuestro matrimonio. En algo más convencional también. Significaba, sin embargo, algo distinto a esa francachela de restaurantes baratos y bailes a media luz en los bares del centro de la ciudad. También más que las tardes de hoteles de paso en la carretera a Toluca o Cuernavaca. Estoy convencido de ello y sin embargo no podría definirlo: debió tratarse de amor, por supuesto, proveniente desde las primeras tardes adolescentes llenas de granos y erecciones, pero también de ensoñaciones y timidez. Pudo ser ella o pudo haber sido otra, no lo sé; la duda, la curiosidad y su calor a mi lado me alentaron a continuar aceptando que el amor y Patricia eran una sola entidad para mí y que el destino me la tenía reservada como un premio, como una eclosión irrefrenable de mi buena estrella.

La conocí en una situación habitual. Una de tantas reuniones que organizábamos los amigos a la menor provocación. Me ofrecí a llevarla ya muy tarde. A la puerta de su hermosa casa en Polanco, con la madrugada fresca sobre nuestros rostros, los cristales del auto bajados para dejar correr la suave brisa y el pequeño rumor del radio a muy bajo volumen, me habló de sus padres; él, un viejo bigotón —lo supe después—, ingeniero constructor de casas o de puentes o de ambas cosas, con ingresos suficientes para enviar a su hija a colegios particulares que se encargarían de devolverle una secretaria bilingüe, inteligente, capaz de ganarse la vida si era necesario, discreta, buena conversadora, un tanto mundana, ligeramente culta, sólo ligeramente, con un profundo sentido del deber, aunque nadie supiera con certeza cuál era ese deber. La madre, en cambio, fue un tema difícil desde el principio; por primera vez en la noche, Patricia perdió la fluidez de su discurso, esa gracia para relatar; abandonaba el tono franco de su conversación y titubeaba, se retorcía, rodeaba, no se decidía a entrar de lleno en el tema. ¿Qué era? ¿Adicción al alcohol? ¿Enfermedad mental? Esas cosas que uno se da a imaginar cuando alguien nos da parte de la información y nos escamotea el resto. Probablemente fue en ese momento que me enamoré de Patricia: imaginándola subir las escaleras al piso superior de su casa, casi a oscuras, llegar a la recámara de la madre —los padres dormirían en habitaciones distintas—, llamar muy quedamente; un suave y enfermizo adelante magnificaría la escena y Patricia entraría a la alcoba de la alcohólica-enferma mental haciendo las veces de enfermera fatigada de su día de dolor y podredumbre. Estaba en su plenitud mi lectura de Henry James. Acomodaría las almohadas a la espalda de la pobre mujer, vigilaría la última toma del medicamento, soportaría el beso de buenas noches en medio de olores desagradables a bebida digerida y a vejez derramándose a cántaros.

He olvidado ya si fue Patricia quien hiló esa historia o fui yo quien la completó con las escenas memorables de mis novelas favoritas. Me queda el recuerdo de mi regreso a casa, la cabeza estallándome por la emoción, mis pies despegados del suelo en completo éxtasis, con la certeza de que en adelante la historia de Patricia me pertenecería, no solamente su pasado que yo construía a mi gusto, sino su futuro también porque ella y yo juntos, la vida entera ante nosotros, la compañera buscada, nada en adelante sería tan fuerte, ni resistiría tanto, ni nos impediría disfrutar de nuestra unión irrecusable. Adivinaba el porvenir.

La vida de Patricia fue creciendo ante mí conforme nos conocimos. Mi respuesta era exagerada, a no dudarlo; pretendía convertir su vida sencilla en un acontecimiento, en algo que se prendiera a mi memoria para siempre porque, de esa manera, a mí vez, podría crear tragedias en donde ella era la víctima y yo su salvador. Debió pasar algún tiempo para darme cuenta de la enorme fuerza de Patricia, de lo poco necesitada que estaba de mi ayuda, de la ayuda de otros, con excepción, tal vez, de la de su padre. El padre siempre la escuchaba, la aconsejaba, en más de una ocasión desde que nos casamos le dio dinero sin yo enterarme en su momento. Fuera de eso, Patricia era un ser fuerte y seguro de sí mismo, sin la fragilidad que le atribuí al principio. La imaginaba conversando con su padre, sonriendo tolerantemente cuando yo aparecía en el diálogo, recibiendo consejos sobre la forma como debía comportarse con su marido.

Su situación familiar, de todas maneras, me causaba sorpresas y desazón. Cuando la acompañaba a visitar a sus padres él nos recibía con amabilidad, nos acomodaba en la sala de la casa para que escucháramos un disco recién comprado o para mostrarnos su colección de monedas de todos los países. Y en ese ambiente dulce y suave aparecía de pronto la madre, el cabello amarillo-naranja, su estampa estrambótica, es la palabra, yo no diría que borracha —la historia de su posible alcoholismo nunca me quedó clara—, la impronta del desaliño. Su descuido me avergonzaba. En una ocasión, a través de batas abiertas y fondos viejos y agujerados asomó, casi completo, un seno flojo como globo desinflado sin que a su dueña le importara en absoluto mi presencia. Patricia se limitó a cubrirla con movimientos discretos, llenos de eficiencia, sin siquiera interrumpir la conversación con los demás. La madre desapareció con la bata abrochada hasta el cuello. Llegué a acostumbrarme, pero, sobre todo, aprendí a no compartir las visitas familiares de mi mujer. Elegí quedarme solo en el departamento, disfrutar momentos de holgazanería y música fuerte mientras ella pasaba las horas conversando con su padre, los dos riéndose de mí y acomodando a la madre en el lugar donde estorbara menos.

Para la boda se recogió el cabello formando un chongo. En la ceremonia civil usó un vestido de seda muy entallado, sutilmente erótico, en las manos un crisantemo. Con sus formas perfectas y la flor a la vista creaba un contrapunto delicioso: me hacía percibir la emoción del pervertidor de menores, de esos que persiguen jovencitas en los jardines y les ofrecen caramelos si se dejan manosear. Nos sentimos de tan buen humor después de la ceremonia que estuvimos a punto de pasar nuestra noche de bodas en el cine. Estrenaban una película con el actor favorito de ella, llevábamos más de un año visitando hoteles de paso, la noche de nuestra boda surgía, de ese modo, como otra cualquiera. ¿Por qué no asistir al estreno de la película? Sin embargo, nos rendimos a la convención, acudimos a la casa de los padres de Patricia, brindamos, escuchamos las bromas de tinte sexual que se hacen en esos casos, reímos, toleramos, terminamos extenuados.

Las jornadas siguientes trajeron un cúmulo de hallazgos para mí. Conservé por un tiempo las fotografías del viaje de bodas. Fue en esos días que descubrí una experiencia nunca antes compartida con ella: el peligro del aburrimiento. Nuestro noviazgo era incompatible con él. Corríamos para todos lados, urgidos por la necesidad de llegar a tiempo a su hogar y guardar las apariencias. Ella trabajaba, yo también; los fines de semana Patricia los pasaba con sus padres; yo vivía solo y si no me encontraba con ella vagabundeaba por bares o cantinas —la Ribera era mi favorita, pero podía conformarme con el bar de Sanborn's—, o por los llamados cines de arte que se habían puesto de moda; acudía a una fonda que estuviera a mano. Nunca habíamos dispuesto de la calma suficiente, de la aprobación implícita de los demás. En el viaje de bodas, en cambio, podíamos dormir cuanto quisiéramos, comer, volver a dormir, despertar, hacer el amor y aún nos sobraba tiempo. Y siempre que volvía la mirada, Patricia estaba frente a mí. Aprendí que en adelante se iniciaba una lucha contra ese fantasma que significaba conocer hasta el último de sus movimientos, llegar a adivinarlo: sus ojos muy abiertos ante mi broma se continuarían sin dilación con el gesto que hacía pequeña su boca y le marcaba arrugas sobre los párpados y a la orilla de los labios; la cabeza echada atrás cuando sus carcajadas, los ojos entrecerrados, orientales, cuando hacíamos el amor. Pronto, me dije, sería igual estar con ella que con el álbum fotográfico que iba formando durante la travesía.

Patricia brincaba y rebrincaba en la cama, con su dormir inquieto de niño nervioso. Se quejaba, soñaba seguramente; arrojaba las cobijas lejos, las volvía a recoger. Y después de una batalla tenaz que llegaba a durar hasta nueve horas corridas despertaba con las mejillas arreboladas asegurando que había dormido mejor que nunca. Yo, por si acaso, no ponía en duda sus palabras, aunque para mí las horas nocturnas se alargaban de manera interminable, mirándola en salvas de indiscreción, entre un programa y otro del televisor, entre un párrafo y el siguiente del libro que cabeceaba con dificultad. Y mientras la miraba hacía el intento por comprender a qué se refería por las mañanas cuando se enderezaba en la cama, reconfortada, viva, aceptando la llegada del nuevo día sin que el mal humor o la desesperanza la sumergieran al fondo de las almohadas, como a mí.

En eso no había cambiado. Admiraba su enorme tolerancia, su capacidad para no sucumbir ante la amenaza matutina. Y la contemplaba de una pieza: discretamente convencional, como su nombre, como algunos fenómenos naturales: los crepúsculos, las olas del mar que nos emboban con su estúpida monotonía. Estaba allí como los árboles, siempre al alcance de la mano y de alguna manera inaccesible. Se movía con la seguridad del dueño de este planeta y cuando levantaba su cabello por la nuca, bien para bañarse o porque sentía calor resultaba inútil cualquier discusión con ella acerca del arte o la trascendencia del ser en el mundo, porque el arte y la trascendencia eran ella, de mármol, sólida, una teoría sobre el origen del universo o la existencia de Dios. Cuando le hacía esos comentarios ella reía, yo también y observaba en silencio su aceptación de que el día había llegado sin novedad, que se aprestaba a enfrentarlo con la alegría de siempre, con resignación también, mientras yo sucumbía, me angustiaba y dudaba, envuelto en la enorme enredadera de palabras en que había convertido mi vida de un tiempo a esa parte.

5

Y estaban los domingos. En uno de ellos despierto tarde. Adivino la aurora perezosa incapaz de madrugar como hace en las demás jornadas. El sol rebrinca y se desplaza por toda la alcoba, me persigue de un lado a otro valiéndose de las rendijas blancas que dejan las cortinas entre sus dobleces. El domingo llega, avasalla y reconstruye, una vez más, los sueños de entre semana, ilusiones de un día durante el cual nos percibimos libres, fatuos, haraganes angustiados.

Patricia se ha levantado ya. Recuerdo vagamente unos besos somnolientos en medio de las primeras palabras del día. Entró a bañarse hace tanto tiempo y ahora, después de unos cuantos sueños instantáneos, está de vuelta a mi lado, llena de secretos en mi oído.

—Llamó mi papá —dice, sentándose en la cama; el cabello desciende sobre su cuello, los goterones hasta el borde de la bata. Parece una de esas venus pescuezudas de las pinturas de Modigliani—. Nos invita a comer.

—¿Aceptaste?

—Le dije que después le llamábamos. Quería preguntarte primero.

—Así me gusta, jovencita.

Retozo y la observo y disfruto la vista; esa ausencia aparente que muestra mientras se ocupa de alguna parte de ella misma me conduce al embobamiento, como una polilla ante una luz incandescente.

—Mi padre te quiere bien —dice mi mujer mientras se observa en el espejo de su tocador.

—No puedo quejarme, aunque pienso que más bien me soporta. Por ti, desde luego.

—Yo creo que no, te tiene simpatía, me lo ha dicho.

—Te adora y si te hubieras casado con el Jack el Destripador le simpatizaría igual.

—No tanto. Bueno, hace un esfuerzo. Reconozco que me sería muy difícil soportar que ustedes se ofendieran.

—No nos ofendemos —digo yo, un poco ofendido. —Tú sabes por qué prefiero no acompañarte cuando lo visitas.

—Por mi mamá.

—Un poco por eso, pero también por él. Siento que lo decepciono, siento que hubiera preferido otro yerno; nos toleramos, pero no podría decir que siente afecto por mí, es todo.

—Mi padre es un buen hombre y tú eres bastante desparpajado para la visión que tiene de lo que debe hacerse. A tu edad él no sólo se había titulado ya, sino que era jefe de departamento y ganaba bien.

—Y tenía dos hijos y les dedicaba mucho tiempo y era un esposo ejemplar y le reconocían su trabajo —comento, reconociendo lo hablado otras veces y cómo, en la comparación, salgo perdiendo siempre; por ese motivo, esa charla se convierte en un tema que no me gusta abordar; por lo mismo, evito las visitas a esa casa, porque soltaré el sarcasmo o la broma fácil, no frente a él, sino cuando Patricia y yo estemos de vuelta en casa; la heroica imagen de su padre se derrumbará estrepitosamente con una sola aparición circense de la madre caótica, desinhibida o loca, que pone en cuestión ese lindo esquema del buen padre de familia con todo bajo control. Fue el tema del primer disgusto fuerte que tuvimos Patricia y yo después de casados. Y como sé la manera en que esas discusiones terminan (ella llorando, yo ofreciendo disculpas) siempre que puedo me hago a un lado y le pido: te espero en casa o no me siento con ánimos o debo ver a un cliente.

Hoy es distinto. Patricia está demasiado seria para ser domingo y planear un día de visita familiar y buena comida y conversación con su padre. Hoy la noto triste o es mi imaginación, o nerviosa o triste y nerviosa y presiento que algo desagradable se avecina, pero no puedo dar con qué y por no contar con una explicación satisfactoria recurro a la imitación de las emociones: comienzo a sentirme triste y nervioso yo también.

Seca su cabello con una toalla pequeña; no me ve en estos momentos. Me lanzo como un felino sobre ella tratando de arrancarle la bata y ese malestar que percibo. Quizá esto cambie el tono de nuestro ánimo. Forcejeamos. Reímos un poco. Siento una mezcla de impaciencia y placer porque se resiste y porque logro pequeños avances en el proceso de su desnudez. En la expresión de su rostro encuentro que está a punto de cortar el juego. Atino a besarla en el cuello, como cuando se acaricia a un animal para apaciguarlo; efectivamente, Patricia suaviza sus músculos, hasta permite que le abra la bata, que juguemos un poco a los juegos del amor incompleto, tierno, lleno de ejercicios de repetición, como la entonación de un himno amado; recorro su cuerpo con la certeza de que me pertenece, la suave tensión de su piel, como la de un timbal de señales antiguas, su olor tan de ella y en cierta manera tan compartido por todas las mujeres, su sensualidad inmanente, explosiva, aunque Patricia intente no darle importancia al hecho, aunque trate de acallarla con palabras, con actividades múltiples.

—Eduardo, ya no juego —susurra en mi oído—, de veras.

Yo era un condenado a muerte que aguardaba la confirmación de su sentencia. Sabía que esto terminaría. Patricia tiene la teoría de que demasiado sexo es algo turbio, vagamente pecaminoso; no lo dice, por supuesto, es un poco su actitud; cuando hemos tenido una sesión tras otra de amor y yo me vuelvo a disparar ante la menor provocación me mira como se mira a un degenerado, a uno de esos perversos que enseñan los genitales a las mujeres en los jardines públicos. Por esperada, la orden no debería surtir efecto, pero he cavilado tanto tiempo desde que ella habló que permito que resbale de mis manos alejándose, visión semidesnuda del amor.

El cielo raso de mi recámara se encuentra herido por múltiples cuarteaduras; la humedad del departamento nos amenaza. De las paredes cuelgan fotografías que he tomado a Patricia en varias épocas: sonriendo, pensativa, enredada en suéteres de cuello alto, abrazada por mí en espera del disparador automático. Los domingos vierten el tiempo sobre nosotros, desocupados y desprevenidos, arrojándolo a nuestros rostros; repasamos, como en un álbum, las viejas paredes reconocidas, lo que de ellas hemos prendido, su familiaridad de antigua cueva amiga. Los domingos tengo tiempo de tenderme en la cama para contemplar los rincones de esta habitación que huele a perfume y cremas de Patricia y míos y a nuestros cuerpos llenos de sudor reciente. Las paredes, los perfumes, Patricia, el sudor, los perfumes, las paredes, el domingo…

—¿Desayunamos? —pregunta Patricia, entrando nuevamente en la recámara. La imaginación se evapora ante el soplido de un dios gigantesco. Mi mujer es otra y es la misma, vestida ahora como la contemplan los otros, ajena y propia a la vez, dispuesta a iniciar su jornada a mi lado.

Mientras tomamos una última taza de café vuelve a llamar su padre. Desea que pasemos el día juntos, nos espera a las dos de la tarde en su casa. ¿De acuerdo? Apruebo, como un jefe de tribu que no necesita consultar sus decisiones.

El cabello de mi mujer se ha secado, cae sobre su frente; vuelve a parecer la niña precoz de siempre, aunque ya cumplió los veinticinco. Se levanta de la mesa y lleva los utensilios del desayuno a la cocina. En el camino comenta algo sobre la relación con los padres, no le entiendo bien, sin embargo, le doy la razón. Habla a gritos desde la cocina. Estoy de acuerdo con ella, sigo su discurso y cuando termina permanezco en silencio. Miro el humo de mi cigarrillo bailotear frente a mí; en el fondo de la taza mi propia imagen se deforma en el líquido negruzco y tibio de la bebida.

—No seas tan desordenado —dice de regreso. Se refiere a las cajas que tengo repartidas por todo el departamento. De mi trabajo las envían repletas de medicamentos para repartirlos a médicos y a hospitales. He prometido encontrarles un lugar, el cuarto de servicio, tal vez, cuando lo vaciemos de un sin fin de naderías. Estoy seguro que también le inquieta la presencia de los medicamentos tan a la mano. Conoció una historia que circuló profusamente en el ambiente de los que trabajamos en mi oficio: el suicidio de la esposa de un compañero tomando las substancias que su esposo promovía. La encontraron muerta ya tarde, los niños pequeños vagando por el departamento, hambrientos, llorosos. Patricia escuchó la historia horrorizada: su comentario fue que el marido le había dejado un arma cargada sobre su mesita de noche, lo responsabilizaba. Desde esa ocasión bromeamos con el tema: si me abandonas puedo encontrar consuelo en tus fórmulas; si me haces la vida imposible pongo de esos venenos en tu desayuno y después los tomo yo también. Reímos. Es un humorismo más que macabro pero hemos llegado a familiarizarnos con él. Nunca simpatizamos con el suicidio, decimos; nuestra conversación tiene mucho de conjuro, un intento para ahuyentar el miedo, el horror que nos causa tener nuestras vidas tan pendientes de nuestra propia voluntad. Y de nuestra propia locura.

El sol de mediodía nos deslumbra. Quedamos cegados al salir del túnel oscuro del edificio a la calle. Apenas comenzamos a desplazarnos en el automóvil y ya sentimos el calor en su interior. La blanca piel de Patricia cambia a los tonos rosados de la aurora y su cabello aletea suavemente con el viento que entra por la ventanilla. Sé que la amo. Lo sé en este momento. Quisiera decírselo ahora pero sonaría estúpido: es domingo, mediodía, las calles de la ciudad desiertas, el tedio y la somnolencia acordados sólo porque se trata del día de descanso. Todo eso me parece tan vacío como las palabras "te amo" dichas así, de una manera súbita, inesperada. En lugar de eso viajamos callados. El silencio como otra forma de comunicación, leí en algún lugar. Frases, como tantas. La del Gerente: trabajo dejado a medias no es trabajo. Se me llena la mente de esos pensamientos que van conformando una cultura, que intentan explicar la realidad, que dan una visión del mundo.

De eso están hechos los domingos, de propuestas y deseos: ordenar las cajas que me envían del trabajo, practicar ejercicio, desde mañana a las seis, el abdomen comienza a presionarme el cinturón; tomar el curso de mercadotecnia que he pospuesto tantas veces; escribir, iniciar por fin esa novela que tengo impresa en mi cerebro. En eso voy cuando escucho a Patricia exclamar:

—¡Qué mujer tan gorda!— ríe ligeramente. La censuro, no está bien burlarse de los otros. Ríe más fuerte, me mira:

—Pareces un boy scout —dice entre carcajadas—: "No está bien burlarse de los demás", sólo te falta el pantalón corto y tu paleta en la boca.

—La cara de pendejo ya la tengo, ¿No? —digo riendo también. Patricia recomienza sus risas, sacude la cabeza, "tú lo dijiste"; concluye su acceso.

—Me horroriza la mala educación —digo de muy buen humor. Patricia se apoya en mi hombro, estira un brazo, me acaricia el cabello, lo jala. Yo deslizo automáticamente una mano entre sus muslos; nos acariciamos suavemente, sin prisas, con la negligencia del hartazgo. Es distinto a cuando éramos novios y aun temíamos asistir a los hoteles de paso.

Siempre recordaré esas imágenes: la palanca de velocidades brotando de una de mis axilas, el volante conducido por las rodillas de ella, un pie de cualquiera de los dos enredándose en el cinturón de seguridad. Los cristales empañados por el calor de nuestros cuerpos camuflando nuestro brinco al asiento trasero. Semejábamos figuras tenues de un sueño extravagante. El reordenamiento era tan caótico como la eclosión: separar sus prendas de las mías se convertía en una labor ímproba de agudas sutilezas. Escasas son las actividades que recuerdo igual de apasionantes; se unían al placer sensual y a la diversión plena. En los hoteles continuamos con la sobrecarga del deseo sacrificando su arista lúdica; fue como solemnizar el amor. Nos hemos llenado tanto de escenas sexuales en el cine, en el teatro, en las revistas, que el comportamiento de cualquier pareja puede ser prevista y fatalmente cumplida de acuerdo a ellas. Lo del auto, en cambio, ponía a prueba nuestra imaginación, la imposición del deseo, la frescura de nuestra pasión.

Mientras acaricio las piernas de mi mujer evoco nostálgico aquellos tiempos y me acuchilla la idea de que mi vida será un eterno recordar con tristeza los tiempos idos y me veo a mí mismo, cargado de años, barrigón, rebrincando aburrido en la recámara de mi casa en un simulacro del amor, con Patricia acompañándome, si soporta seguir a mi lado, saturado de arrugas y resequedades de espíritu, perdido el deseo de seguir jugando, de seguir intentando la detención del instante porque ¿qué es el amor si no este esfuerzo vano de fijar el tiempo como única defensa contra el desprecio que el tiempo expresa por nosotros al avasallarnos?

—Sucede que eres un conservador ¿lo sabías? —dice Patricia sin levantar su cabeza de mi hombro—. Más que yo, mucho más.

—De eso no hay duda, Patita; las mujeres carecen de moral.

—Somos menos convencionales y menos asustadizas. ¿Recuerdas aquella película en que una mujer se desnuda en el automóvil mientras el hombre maneja?

—Ann Girardot y Jean Paul Belmondo. Y ella sólo se descubre el pecho.

—¿Quién estaba muerto de miedo? Él, por supuesto. Temía que alguien la descubriera así circulando por la carretera, que los llevaran a la cárcel, no sabía qué hacer.

—Temía por la seguridad de ella, por supuesto —digo burlonamente. Patricia vuelve a reír.

—¡El hombre se orinaba de miedo! —dice— No había más que verle la cara.

—Sólo es una película; estaba actuando —suelto de mala fe.

—¡Peor! Representaba un modelo de la conducta de ustedes —concluye Patricia con la alegría de haber hecho un hallazgo.

—En la realidad tú no podrías hacerlo —digo yo picado.

—Tal vez si me fuera algo importante de por medio.

—¡Claro! Si mi tía tuviera ruedas —exclamo en son de triunfo. ¿Iré ganando en esta absurda discusión? Realmente lo ignoro. Y sin saber muy bien por qué, subo mi mano al pecho de Patricia y suelto dos, tres, todos los botones de su blusa. Siento su mirada estrellarse contra mi rostro, una vaga sonrisa se empeña en asomar a su boca. Nos detiene un semáforo en rojo. Dispongo de las dos manos. Desabrocho el ganchito delantero del sostén y sus senos brotan como dos flores jóvenes en plena lluvia.

—Ya tienes el siga —dice. Permanezco inmóvil, contemplándola a la distancia. Suenan unos bocinazos a nuestras espaldas. Echo a andar nuevamente.

—No te atreverías —insisto neciamente.

—Es probable que no —dice ella—. Luego las mujeres sí tenemos moral.

Se recuesta en su asiento colocando las manos detrás de la nuca; disfruta el viento de la calle recorriendo su pecho; el viento que se filtra por las aberturas de su blusa.

—No la tienen —vuelvo a la carga con toda la misoginia de que soy capaz—. Y no lo harías por vergüenza. Poseen pudor, no moral.

—¿Qué tiene que ver la moral con un cuerpo desnudo en plena vía pública? ¿Qué tiene que ver la moral con el sexo? Tú siempre lo dijiste; ese fue mi pretexto para ir contigo a los hoteles.

De pronto, pide que detenga el auto. No puede llegar en esas condiciones a casa de sus padres, dice. El desarreglo de su ropa, pienso. No se refiere a eso. Me pide que entremos a cualquier lugar donde podamos beber una copa, debe confesarme algo. Es como una descarga eléctrica. Nadie confiesa cosas buenas, así que espero lo peor, que en una pareja sólo pueden ser el adulterio, la trasmisión de una enfermedad grave o la declaración llana, inesperada y dolorosa de que el amor se ha terminado y planean dejarnos. Quedo petrificado.

Mi linda Patricia, mi esperanza vuelta revelación, salía de nuestro departamento la mañana de los miércoles hacia su trabajo, igual que el resto de los días y a mitad de la jornada, tal vez a la hora de la comida, iba al departamento de otro hombre. Él vivía solo, supe después. De esa manera, mi mujer y él disfrutaban de aquellos encuentros amorosos —impiadosos, pensé al escucharla— entre mentiras y subterfugios de baja calaña. ¡Qué bien se oía eso, de baja calaña! ¡Como dos criminales! ¿Escuchaban música mientras hacían el amor? ¿Por qué los detalles, a mí que nunca me han importado? Ella dice que no entiende por qué lo hizo. Lloramos juntos. Cuando niño, mi hermano me gritaba ¡rómpele la cara, nos mentó la madre! A mí no me hizo nada. ¡Da lo mismo, es la mamá de los dos! Pero no me lo dijo a mí, argumentaba yo desde mis nueve o diez años. ¿Cómo hacer para que la ira me cegara y sólo entonces pudiera abalanzarme sobre el otro? Mi hermano era tres años mayor que el otro niño y que yo. Tenía una noción clara de la justicia. Mejor llorar. Lloro frente a una Patricia sufriente en mi presencia y gozosa en los brazos del otro, su rostro anegado por su arrepentimiento. ¿Qué es un hombre llorando ante la confesión adúltera de la mujer amada? Muy poca cosa, un adminículo, un adorno.

Había estado soportando un dilema moral, dice. ¿Arrepentirse por lo hecho y decírmelo o sentirse satisfecha por su transgresión? ¡Claro que no, esa no fue la duda en su momento, lo comprendí después! Decírmelo o callarlo era su tormento. Tras la confesión de haber cometido casi un delito y colocarse en la condición de un criminal estalla en llanto. Después de reponernos del brutal sacudimiento que sufrimos los dos, hago un gran esfuerzo por comprender lo sucedido. ¿Por qué lo hizo?, me pregunto. ¿Sería mi conducta promiscua, voyerista, en cierta forma insolente, lo que llevó a Patricia a hacer lo que hizo? ¿La torturaban los celos y no sabía qué hacer? ¿Decidió vengarse por la decepción que le generó el hombre con quien vivía, un adúltero repugnante? ¿Se habrá dado cuenta desde un principio y lo calló con cierta resignación? Y sin embargo, me sigue doblegando el dolor desde entonces: lo que urdió y ejecutó en el culmen de su desesperación.

No lo sospeché porque, de hacerlo, habría significado vaciar ácido sulfúrico sobre el cuerpo, envenenando nuestra vida diaria, me habría enfermado de desconfianza y habríamos sido tan infelices. No deseaba suponer que Patricia tuviera más vida que la compartida conmigo; que yo la aturdía de sexo satisfecho, me convenía creer. Pudo ser mi error: suponer lo que el otro siente, dar por hecho su pensamiento. Mis compañeros de trabajo apenas dedicarían un poco de atención a mi vida en mi ausencia, el supervisor sólo se acalambraría si no alcanzaba la cuota de ventas y el director no sabría de mi existencia siquiera, pero Patricia, mi compañera de suerte, de futuro compartido, ¿podía ignorar lo que yo pensaba acerca del amor, del adulterio, de las mujeres, de la vida? No, me resultó imposible imaginarlo.

Quedamos embrutecidos y en un horrible silencio después de los primeros gritos. Me negué a continuar con la artificiosidad de nuestro domingo con su familia y las sonrisas forzadas y las preguntas acerca de nuestras actividades diarias. Patricia ha cancelado la vida diaria de nosotros y la vida mía a secas, para decirlo pronto.

Se marchó del bar dónde antes que yo, decidida a tomar un taxi y no volver ese día a nuestro departamento.

Nos separamos. Daba lo mismo a dónde fuera, debía largarme. Pero, en buena lógica, fue Patricia quien abandonó nuestro hogar. Igual que una sombra, que una esencia, desapareció a la mañana siguiente mientras yo deambulaba por la ciudad fingiendo que trabajaba. Su conducta y la mía eran predecibles, pero ni así dejaban de doler. Y me quedé solo, en un departamento diseñado para dos. Bebí como siempre, es decir, en exceso, asistí a mi empleo y me alarmé porque, pese a todo, mi preocupación principal consistía en la dificultad para cubrir mi cuota de ventas del mes. ¿Perder otro trabajo resultaba más grave que la traición de Patricia? No lo supe entonces, no lo sé ahora.

Volví a mi empleo y a la vida en el hogar. Volví a mis noches de televisión insomne, ahora sin Patricia a mi lado, intentando dormir por mera costumbre. Los días pasaban entre conversaciones elípticas con los conocidos, tal vez un poco disimuladas, acerca de nuestras actividades cotidianas. Comenzaba a acariciar la ilusión de que nada grave había sucedido entre Patricia y yo. Me asusté porque ni siquiera me emborraché más de la cuenta, ni arrasé con lo que encontré a mi paso, ni odié o maldije o juré que las mujeres eran unas malditas putas. Todas. En lugar de eso, desesperé por no tener a Patricia conmigo, por no poder abrazarme a ella, acariciarla entre sueños, sentir el peso de sus piernas sobre las mías. Si algo extrañé en su ausencia fue su piel, su olor, sus dientes pequeños asomando al reír, su atolondramiento de la mañana cuando, aún dormida, entraba bajo la regadera con el gesto contraído, como un niño a quien le repugna la escuela. Nunca otras cosas: la entidad abstracta llamada esposa, la ilusión de haber encontrado un sentido a mi vida a través de la otredad rotunda; su ser me dejaba frío. Por pensar así, ella consideraba que yo era un tanto burdo, a pesar de mi educación universitaria, ordinario, porque aspiraba únicamente a tocarla. Sin embargo, no estuve exento de dolor porque Patricia nunca fue únicamente un cuerpo. Era también una comprensión de otro tipo: si las almas hablaran, cantaba Bola de Nieve, en su conversación, las nuestras se dirían cosas de enamorados. ¡Ah, los boleros! Era algo más que la comprensión con los amigos, más parecido a la complicidad. Semejaba una entidad metafísica, una esencia, tal vez parte ya de mí mismo.

Por eso reclamé; en esa forma de percibir a mi mujer la traición resultaba más profunda, se convertía en un sufrimiento íntimo, incomunicable, sin que pudiera explicarlo del todo. Intentaba comprender la situación colocándome en el punto opuesto: Patricia y el amante, dos libertades, ninguna moral para la represión, el sexo como un ejercicio de esa libertad. ¿Por qué no aceptarlo? Sin embargo, dentro de mí, algo no estaba resuelto; lloraba a mi manera personal. Reflexioné de inmediato: es claro que todos lo hacemos de manera personal, mi aclaración salía sobrando. Ese fue quizá mi único hallazgo, la subjetividad del proceso. Un amigo engañado sufrió con una referencia ajena, con sentimientos de otros. Se desgarraba ante los demás, ante quien lo visitara porque habían notado su ausencia en el trabajo. ¿Existía algo más obvio que eso? Era el lado exhibicionista lo que me repugnaba. Algunos enfermos son de esa especie: la enfermedad deviene un premio, una tregua con la vida, un señalamiento de privilegio; al referirlo a los demás alcanza dimensiones insospechadas: corremos a preguntar al médico, que nos repita su bello discurso porque se nos olvidó. Lo hace. Un indecible orgullo nos cubre por completo. ¿Tienes todo eso?, parece que nos dirán los demás. Somos víctimas, sufrimos, pero disfrutamos, asimismo, nuestra condición de héroes. Toda mi adolescencia la pasé soñando despierto y las imágenes que más recuerdo son aquellas en las que resultaba herido por las balas enemigas, lastimado en un deporte violento y, cojeando, tal vez con sangre en la camisa, terminaba cumpliendo con la misión: aniquilar al enemigo, anotar una carrera. La lectura de *Corazón, diario de un niño,* del cursi De Amicis, nos dejó marcados. Hemos apostado por la infelicidad sin ninguna medida a pesar de la falsa retórica en contrario.

6

La rutina de un hospital incluye, sin disimulo alguno, el dolor. El dolor físico. A su lado, el espiritual es poca cosa. Los pinchazos, la introducción de tubos de hule por espacios que no lo son, la incomodidad de los estudios de control, la insaciable curiosidad médica a nombre del diagnóstico, de la evolución de una enfermedad, predomina. Y más allá de todo, la explicación irrecusable: lo hacen para salvarte la vida. Si sobrevives, lo cuentas. Si no, lo intentarán con otro.

Ha sido un golpe de fortuna encontrar un sitio en el que puedo aislarme durante algunas horas si ser interrumpido por el personal del hospital ni por mis limitaciones posoperatorias. Lo es también conservar la costumbre de escribir a mano las primeras versiones de mis libros. Viejo hábito que ahora me viene de perlas. Sobre todo, por ese reglamento absurdo del hospital que prohíbe a los enfermos la introducción de aparatos electrónicos.

Un día desperté curado de todo ello: me avergonzaban mis sueños de antaño. Y la enfermedad y el sufrimiento de mis semejantes también. Aprendí a despreciar a los que se quejaban de algún dolor. ¿El dolor físico? Una debilidad. ¿El moral? Un escándalo. Cuando escuchaba a mis compañeros lamentarse de la estupidez de sus mujeres, la insolencia de sus hijos, la maldad imperturbable de la casera, percibía el morboso deseo de aplastar a ese hombre. Sentía innoble, injustificada, idiota su condición. Ah, sí, me decía una voz, la condición humana. Admiré desde entonces a los heridos solitarios.

Isabel entiende mi situación; me ha traído un par de cuadernos "en octava" y una caja de bolígrafos *bic* cuya tinta perdura por muchos años. Imposible usar aquí mi colección de plumas Mont Blanc, ni siquiera el *roller*. Está bien así, pienso, y acepto las modestas *bic*.

Asistí con menos frecuencia a la cafetería Toks de División del Norte. Algunos conocidos tal vez me interrogarían. ¿Qué sucedía conmigo? ¿Por qué se me encontraba tan rara vez? Ya no me quedaba a tomar café, evadía la conversación deseando que el tiempo resbalara como una bocanada de humo sobre el rostro. Me escapaba, supondrían. Ponía en orden mis emociones, pensaba sin decirlo. Necesitaba estar solo para dominar a la Bestia, la que me pedía que aclarara mi situación: ¿Era o no un hombre de verdad? ¿Dónde estaban los gritos, las prohibiciones, los celos, sobre todo, dónde estaban los celos? ¿Cómo podía continuar con esa calma aparente, con esa sumisión indigna? ¿Dónde había dejado la casta? La Bestia no estaba satisfecha. ¿Cuánto tiempo debía pasar para enfrentar al otro, para que lo retara a golpes, para que le vaciara una pistola? ¿Qué esperaba para colocarme mis botas de estoperoles y desfigurarle el rostro a patadas? Eso me pedía la Bestia. ¿Seguiría cargando mi maleta llena de medicamentos que curarían *todos* los males humanos? ¿Continuaría agachando la cabeza ante el cliente con tal de obtener la venta, aceptando la estupidez de los compañeros de trabajo, soportando lo que había hecho mi mujer, preguntaba la Bestia? Tenía miedo a la Bestia. Vivía huyéndole, escondiéndome de ella, deseando no ser descubierto por ella. Me aturdía más que nunca con el cine de la mañana, con el de la tarde también, con las copas de los bares al paso. No bebía por decepción sino para ahogar a la Bestia. Decepción: hermosa palabra hueca. Y mientras decidía qué hacer con mi perseguidor, caminaba por la ciudad en la completa soledad que me daba mi condición de acorralado, de fugitivo, porque sabía que la Bestia estaba allí, caminaba conmigo sin abandonarme jamás. Y yo debía sacudirla de mi cuerpo o aceptar su presencia. En tanto, con disimulo, me conformaba con hacerle un hueco en el pecho.

Nunca comprendí la situación del todo. Parecía que hablara un idioma extranjero, pero allá dentro, en el alma. Porque lo confesé a un amigo; él me compadeció, estoy seguro, no cuando lo hablé, seguramente cuando lo dijo a su esposa a solas: mi pobre persona viajando dentro de dos subjetividades, expuesta, mientras ellos lo conversaban. Habré aparecido en escena: era un saltimbanqui, el hombre que se viste de payaso para hacer muecas, chanclear con sus zapatotes, agradecer los aplausos. Sabía de su amistad, me lo habían demostrado. ¡Si no me quisieran! Hacían lo que mejor sabían hacer: sentir lástima hacia mi persona, odiar discretamente a Patricia. Durante la cena, solos en su departamento, alternada con frases como pásame la azucarera, por favor, diría uno de los dos: pobre Eduardo, no se lo merece. ¿No qué?, pregunté en ausencia. Desee que fuera la mujer quien lo dijera, en él sería una desvergüenza. Mi amigo y yo paseamos nuestro machismo por la ciudad entera como dos prostitutos, sólo que no cobrábamos, pero del todo accesibles: una compañera de clases, la secretaria del jefe, cualquiera resultaba un reto y un triunfo su conquista. Somos hombres, parecíamos decir. Mi padre y el padre de él hicieron lo que les vino en gana con su sexualidad, dijimos muchas veces. Tener casa chica, amantes, no llegar a dormir al hogar, inventar viajes inexistentes para arrastrar consigo a la hembra que sólo insinuara un sí. Pero nos escandalizamos al saber que una mujer había cometido adulterio; el peor de los pecados. Puta, cascos ligeros, maldita vieja, mancornadora. Nos desahogábamos tan quitados de la pena. Y él lloró varias veces en mi hombro por la conducta cínica de su padre, quien tenía dos familias; llegó a preguntarse un día, después de beber en abundancia y, entre carcajadas liberadoras, si no serían él y sus hermanos el segundo frente, la casa chica. Ah, qué contentos salimos esa vez del bar por el solo hecho de ser hombres; nada se le parecía.

¿Y yo? Había pregonado que podía separar el amor de mi conducta sexual y reunirlos cuando lo deseara. Convencido, había dicho a mis amigos que Patricia era el amor de mi vida y con ella el encuentro sexual alcanzaba los niveles del paraíso y, sin embargo, cada vez que podía invitaba a subir a mi auto a una mujer en plena calle y si aceptaba, dejaría toda actividad por perderme con ella en cualquier lugar oscuro, escondido, para tocarla, para realizar, allí mismo, un coito inmediato, furtivo, sin control y sin vergüenza alguna. Un automatismo mental, como los delirios, como las compulsiones. ¿Y ellas? ¿Reclamaban ellas? Sí, pero nadie las escuchaba. Hera se cansó de las infidelidades de su marido Zeus y cuando le reprochó, el cínico dios dio una explicación: las mujeres disfrutan más del sexo que los hombres; cuando estoy contigo, te hago disfrutar más que tú a mí. Hera llamó entonces a Tiresias para que arbitrara el desacuerdo; el medroso de Tiresias respondió: Si en diez partes divides del amor el placer, una parte va al hombre y nueve a la mujer. En venganza, Hera dejó ciego a Tiresias; para compensarlo, Zeus lo convirtió en adivino.

¿Lo contrario? No lo había imaginado siquiera. Imposible creer en la teoría de Patricia: un experimento, el ejercicio de una libertad. Aunque, tal vez lo fue, si ampliamos nuestro concepto de curiosidad más allá de los ámbitos convencionales. Patricia curioseaba como un gatito, como un extraterrestre soltado súbitamente en la avenida principal de cualquier ciudad moderna: con terror, pero sin dar marcha atrás. Como cualquier adolescente de su tiempo, comenzó con la mezcla de sexo y marihuana que mucho la divirtieron. Tenía quince años. Me lo dijo: no quería cumplir con el consejo que las madres inglesas del siglo diecinueve daban a sus hijas la noche de bodas: cierra los ojos y piensa en Inglaterra. Lo leyó en algún lado. Cien años después, ella cerró los ojos y pensó en Tom Cruise. Si se trataba de cuidar a su madre desde que recordaba, podía sufragar cualquier voltereta de su destino a través de la concupiscencia. Si la habían inscrito en todas las escuelas religiosas de la ciudad, tenía derecho a escapar por el tubo del desagüe, como Quentin Compson en *El sonido y la furia*. En la primera oportunidad. No sé exactamente cómo lo hizo, eso nunca lo relató, pero muy pronto, muy joven aún, localizó el intersticio de la conciencia que le permitió huir de esa cárcel que es uno mismo, la conciencia. Se curó de la manera pagana que consiste en soliviantar el cuerpo para que el alma encuentre reposo. Así, descubrió que poseía el nombre más convencional imaginado y reinventado por ese hombre más convencional, su padre, para que de esa manera formara una estructura: su nombre, el padre que se lo puso, el hogar donde había nacido.

Estuve seguro de que Patricia, mi Patricia, era uno de esos seres atrapados en un cuerpo que no le pertenecía, en las circunstancias que estuvieron siempre ajenas a ella: el cuerpo de una mujer fogosa con el espíritu de una monja benedictina. Estuve seguro —aunque ella no me lo dijo— que ella fue la niña de Freinet que aprendió a leer a los cuatro años de edad porque lo pidió y estoy convencido de que su padre solamente siguió del baile el paso que ella le marcaba. Y también tuve la impresión de que en el camino algo perdió, el ritmo, el sentido, la razón para bailar y que no se dio cuenta hasta encontrarse conmigo, otro fracaso en su vida cargada de hastío y desilusiones traicioneras. Patricia fue vencida por todos nosotros: por mí, por su padre, por la lista de novios pendejos con los que debió cargar desde un inicio y de pronto vislumbró una posibilidad, la más dolorosa para mi persona: un hombre que la rondó con suficiente maldad y el vasto conocimiento para no fallar el tiro. ¡Si lo sabré! Acertó y mi Patricia, mi pobre y superdotada Patricia, cayó redondita.

Ese amor, el de nuestras películas favoritas, no las norteamericanas, que nos parecían simplonas, sino las francesas, las inteligentes y retorcidas, como *La femme infidèle*, de Claude Chabrol, hacía un esfuerzo denodado por sobrevivir. Unas semanas después de su confesión, Patricia me llamó por teléfono con insistencia. Me negué a contestar; mi dignidad estaba pisoteada, me dije, nunca volvería con ella. Poco después le respondí con angustia, desesperado. Un asmático que se ahoga y busca anhelante el remedio. Le creí, era un hecho, le creí que su aventura había concluido, que sólo fue un experimento para medir las dimensiones de su libertad y así igualar la conducta estúpida de los aún más estúpidos hombres que vamos por el mundo pisoteando honras, y para salir ilesa y comprobar que a pesar de su experimento era a mí a quien amaba, me amaba con su alma, como el hombre de su vida. Pidió perdón. Solicitó de mí otra oportunidad, no era posible que en tan poco tiempo y por tan poca cosa, dijo ella, dejáramos en el olvido la rara posibilidad de ser una pareja impecable, porque nuestro amor iba más allá, dijo, de las vulgaridades del cuerpo.

Me abrumó su discurso. ¿Cómo podía negarme a recomenzar? ¿Cómo decir no a un encuentro que aclararía las cosas? ¿Qué pasaba con los papeles de ese artificio de la convivencia humana que llamamos sociedad y en la que el hombre hace sólo esto y la mujer sólo aquello? Algo se estremeció en mí cuando acepté la propuesta de Patricia y concertamos una cita para hablar del tema. Así lo dijo, hablar del tema. Seguramente un punto de fuga, una referencia acerca de lo aprendido porque ella tomaba la iniciativa, no yo, ella proponía olvidar lo que habíamos hecho los dos con su acto: ir cada uno por su lado, intentar desamarnos. Me engañó, vivió el arrepentimiento, buscaba la reconciliación. ¿Sería capaz de estar por encima de los celos, del orgullo herido? ¿Tendría la fuerza para ir más allá de mi pobre aprendizaje, de mi abandono de estudios universitarios, más allá de mi condición de modesto vendedor de remedios muchas veces sólo imaginados? ¿Podría dejar de ser el pobre Eduardo que todo lo dejaba a medias? ¿El E pur si muove del pobre Galileo, dicho a *soto voce* porque si lo hablaba en voz alta lo quemaban vivo?

La escuchaba y por supuesto mi imaginación trabajaba por un canal paralelo. Mi imaginación y mi memoria, pareja inseparable. Denme un miércoles cualquiera: estoy haraganeando en el Toks de División del Norte, leo con desgano el periódico; tal vez faltan dos horas para que Patricia se encuentre con el otro. Pago la cuenta, cumplo con mi agenda del día, voy y vengo por las calles de la ciudad que reconozco sin problema. Detengo con brusquedad mi marcha: faltan cuarenta y cinco minutos para que se reúnan. Continúo en mi propio laberinto y tomo un descanso forzado en la sala de espera de uno de mis clientes. Faltan quince minutos para que Patricia y él se fundan en el primer abrazo de ese día. El médico que me citó me hace pasar y me pide que sea breve, varios asuntos requieren su atención. Y mientras le doy detalles de algo que sé que en el fondo no le interesa, Patricia se desnuda con el placer que se vive sólo unos momentos antes de la entrega amorosa; y cuando he terminado mi pequeño discurso ante el rostro aburrido de mi interlocutor Patricia está siendo acariciada hasta la saciedad por un hombre que no soy yo y penetrada para consumar la traición. Así, sin darme cuenta de cómo ha sucedido el peor acontecimiento de mi vida salgo de la oficina silbando porque llevo la ilusión de que el otro cayó: es mi cliente, ordenó la compra de mis productos y yo alcanzaré mis objetivos ese día. Mi comisión está salvada y conservo por un pelo mi trabajo.

Hice el propósito de perdonar. Ella hizo la promesa de no volver a hacerlo. Yo regañaba, ella agachaba la cabeza. No llegamos al extremo de pretender que nada había sucedido; tampoco sugerimos que todo quedara en el olvido. Sabíamos que sería imposible. Viviríamos con esa marca, con ese recuerdo y con la imagen de su alejamiento en mi soledad silenciosa. Porque se había alejado de mí, sin duda. Despedimos para siempre la idea simplona de la mutua pertenencia. Sabríamos en adelante que no éramos uno del otro y que la libertad era esa enorme ave de rapiña que desplegaría sus alas en el momento que le pareciera para alcanzar alturas ni siquiera imaginadas. Y si no una promesa, propusimos al menos un compromiso: seguir juntos hasta que uno de los dos no lo soportara.

La abrumé con mis preguntas. La acosé. Inicié una persecución peor que la de un policía. Hasta acorralarla. Así que mi dulce Patricia no paró de contarme su vida, parte de la cual yo conocía. Porque la nuestra se volvió una relación nueva: me relataba en la sala de nuestro departamento, pero también en la cocina y en el pequeño comedor, mientras cenábamos y en la cama antes de dormir y en la regadera mientras ella se duchaba y yo lavaba mis dientes y en ocasiones continuaba al salir a la calle al mismo tiempo mientras iniciábamos nuestra jornada a sabiendas de que llegando a la esquina tomaríamos rumbos distintos. Habló por todo lo que no lo había hecho en nuestros años juntos. Habló por la tarde, si llegábamos temprano a casa; por las noches, mientras cenábamos. Horas después, mientras yo intentaba dormir y ella parecía comenzar un estado de alerta que no había conocido durante la jornada. Y a todo buen conversador debe corresponder un oidor de primera. En eso me convertí de allí en adelante.

Así lo contó Patricia. Y yo iba conociendo a una Patricia distinta a pesar de los años juntos. ¿Quién era ese ser tan nuevo pero tan antiguo como una esfinge que se me revelaba con cada una de sus palabras, con sus gestos recientes, con la traición que asestaba en el centro de mi pecho?

Ella esperó pacientemente para conocerme, para enamorarse de mí y yo de ella, para salir también del hogar porque nos habíamos casado, para dedicarse con todas sus fuerzas a ser feliz conmigo. Entre tanto, se dedicó a cuidar a su madre para que no rodara por las escaleras en completo estado de embriaguez. La mujer, joven aún, dormitaba frente al televisor algunos programas que seguía con atención disminuida… y con un vaso que había contenido whisky; había, porque la mitad se encontraba en su estómago y la otra mitad en la alfombra. Así la encontraba Patricia al llegar de clases y la conducía a su habitación en donde dormiría sola sin haber cenado siquiera. Sin pudor alguno se dejaba desnudar, colocar un camisón holgado para ser depositada en la enorme cama; desde allí lanzaba aquellos ronquidos que cimbraban la casa hasta sus cimientos.

Me repugnaba la idea de encontrar un resquicio para comprender una vida entera en toda su complejidad a través de las experiencias vividas en la infancia o en la juventud temprana. ¿Dónde quedaba, entonces, lo no vivido? ¿Dónde lo sólo imaginado, lo deseado y lo rechazado por incomprensible? Así que no traté de encontrar justificación a lo que Patricia había hecho desde que vivimos juntos: tener un amante. Su adulterio me convenció de algo que no hubiera imaginado: su gusto, su curiosidad; su deseo por otro cuerpo que no fuera el mío eran tan intenso que resultaba irrefrenable. Un deseo que yo conocía bien. En nuestros desacuerdos me echó en cara —y a todo el género, de paso— que los hombres viviéramos esa condición con absoluta naturalidad, ¿por qué ella no podía entregar su cuerpo a otro hombre —como lo hacíamos nosotros con otras mujeres— y seguir amándome? Su espíritu y el amor que de él surgía permanecían intactos. Pero nada que ver con orgías o con intercambio de parejas, aclaró. Una vez que paseábamos por el mercado de Coyoacán se acercó un hombre; me propuso intercambiar parejas; señaló a su mujer a la distancia, al niño que iba de la mano de ella: conformaban una familia normal, me dijo el hombre, pero les gustaba buscar diversión fuera del hogar. No debía sorprenderme: Patricia llevaba una de sus minifaldas más cortas y mostraba sus hermosas piernas con naturalidad. Reaccioné, me pregunté en silencio, ¿yo qué gano?, porque la belleza de mi esposa superaba con mucho a la de aquella mujer desconocida. ¿Si hubiera ganado, habría dicho que sí? Patricia ni siquiera se molestó en dar su opinión. Dio la vuelta y siguió su recorrido.

Al parecer, a mi Patricia le entusiasmó la relación con un desconocido, la clandestinidad, las comunicaciones a escondidas. Y el sexo diferente que pasaba a su lado como una exhalación. Nunca se le había ocurrido crear con otro hombre un compromiso que desestabilizara nuestra relación, era feliz conmigo, aclaró.

Soporté la confesión. Sufrimos una crisis: yo, de celos, ella de vergüenza, aunque nunca de arrepentimiento. Después de lo sucedido optamos por decírnoslo todo. ¿No lo habíamos pactado ya? Yo creía que sí, pero ahora me daba más y más información. ¿Hasta dónde llegaría? Era mi pregunta entonces. ¿O qué tanto ignoraba yo de su vida y cuántas sorpresas más estaría por darme? Abrió la comunicación como si se tratara de esas sangrías que aplicaban los médicos en el siglo diecinueve para curarlo todo. El cuerpo estaba congestionado y la pérdida de un poco de sangre le vendría muy bien para socavar la plétora. Lo mismo sucedía con el deseo, creí entenderle: se congestionaba, había que quitarle presión, se acostó con otro. Había surgido con un compañero de trabajo o en un encuentro casual dentro de cualquier actividad social, no quise saberlo. ¿Continuaría con nuestros propios amigos? Prometió no repetir la aventura y comunicarme todo acerca de su deseo. ¡Cómo si eso fuera posible!

Sin embargo, igual que uno de esos huracanes que arrasan pueblos enteros y ante los que nadie puede defenderse, la amenaza que representaba su relato fue desapareciendo por sí sola. Nuestro diálogo acerca de las posibilidades que flotaban en el clima de nuestra vida diaria, las fantasías extravagantes de Patricia —me convenía seguir considerándolas así— fueron extinguiéndose. Habían terminado por aburrirle, supuse.

Nuestra situación se había tranquilizado. La reconciliación funcionaba y nuestra sencilla vida diaria también. ¿Para qué complicarse la existencia con los arrebatos de hombres que juraban dejarlo todo para huir con ella y así iniciar una nueva vida?, explicó. ¿Para qué tramar divorcios interminables por ambas partes si los únicos ganadores en esos casos son los abogados?

Le molestaba la preocupación masculina ante el disfrute sexual de las mujeres, dijo. Buena parte de la historia de la humanidad, en todos los rincones del planeta, en todas las épocas, consistía en impedir, por cualquier medio que la mujer gozara del sexo. A veces con la religión, otras mediante mutilaciones o golpizas. Nunca ese mundo para ella.

En uno de nuestros encuentros confesionales me dijo: "Mi vida es el mejor ejemplo de que la psicología ha sembrado el terror ante el sexo practicado por las mujeres: el trauma infantil y todo lo sexual debería dejarnos marcadas para el resto de nuestras vidas y volvernos anosgármicas, machorras, lesbianas. Odio la psicología, leí algo de Freud, odio a Freud, ese vejete, ¿de dónde sacó la estúpida idea de que las niñas y luego las mujeres adultas envidiamos el colgajo que tienen los hombres entre las piernas que sólo en erección sirve de algo? ¿Por qué no se le ocurrió pensar en la envidia que podían despertar en los hombres nuestros hermosos senos juveniles? ¿A todo eso debía someterse la mujer? No yo, por cierto".

Pasó el tiempo, dejé de preguntar. Temía seguir escuchando las respuestas. Tampoco llamé a su oficina ni me atormenté queriendo localizarla a cada instante del día. Ella no me relataba nada ahora. Vivimos nuestra existencia como se nos presentaba. Yo, por mi parte, no cobré venganza buscando aventuras a cada momento. Sería un acto de mala fe. Lo había hecho por disfrutar, no para dejar salir mi rencor. Y concluí mi reflexión con un discurso: toda la emoción que removió mi conciencia en esos últimos tiempos se condensaba en el momento de reiniciar una jornada más de trabajo. Comenzaba en las primeras horas de la mañana con calles vacías y un silencio extraño. Estaría nuevamente en la cafetería *Toks* de División del Norte muy pronto. Probablemente en la misma mesa. Ante la misma ventana. Las diez de la mañana tal vez. El día lucía nublado desde su comienzo.

La antigua Bestia quedó satisfecha, me dije, ahíta de exabruptos; pudo ser peor, perder los límites; en lugar de eso la había dominado y yo volvía a mi expresión de persona inofensiva. Miré mi reflejo en el ventanal de la cafetería: igual de agradable, siempre dispuesto a la sonrisa rápida. Nadie que me mirara en este momento podría sospechar que los celos me llevaron a odiar a un desconocido. Hubiera querido matarlo. Matar es un tópico; mi deseo había ido más allá: hubiera querido destruirlo, desintegrarlo, convertirlo en polvo cósmico, borrar su memoria, que no quedara recuerdo de que había nacido alguna vez. Y seguir como si nada.

Por las noches volvía a Patricia con la sumisión de siempre. Yo la había engañado, ella a mí. ¡Engañar! Horrible palabra para una conducta horrible. Palabra cargada de historia. No había mentira de parte mía; no era tan torpe para ignorar que ella percibía con el estómago, con el olfato, con cada uno de sus sentidos mi falsa procedencia. Llegaba a la hora de siempre, con la misma expresión de buena persona en el rostro habiendo dejado momentos antes el hotel de paso en el que me había aturdido de sexo ajeno y voluptuoso. Besaba a mi mujer con alegría. Aparecía la aclaración en mi cabeza: no mentía en esas ocasiones, ni entonces ni ahora; también era cierto que no decía toda la verdad, habría sido una insolencia. Pero no mentía, porque la sonrisa y la alegría del trasfondo eran genuinas, el amor a ella y el deseo también. Ella reconoció su aventura; tampoco me engañó. Se negó al arrepentimiento; la disfrutó, dijo, hasta usó una expresión que me turbó al extremo: se sintió incapaz de renunciar a ese placer. Su lo que fuera la convertía en un ser más libre, más pleno, una caléndula de cara al sol, fue su argumento.

Pensaba en Patricia, en nuestros acontecimientos juntos y al mismo tiempo me recuerdo torciendo la cabeza porque unas piernas que pasaban a mi lado, esa falda corta de la mesera, me creaban siempre la ilusión momentánea de que podría tratarse de Gloria, si es que aún trabajaba en la cafetería de siempre. Casi me desnucaba al girar el cuello. Sin interrupción alguna continuaba pensando en Patricia. Nunca había deseado a una mujer con tanta intensidad como a ella, entonces, ¿para qué volver la mirada a esa otra que se desplazaba sensualmente a mis espaldas, que me incitaba y me hacía recordar aquella que había deseado y disfrutado también? ¿Y por qué esa decepción de que no fuera ella y por qué ese salto de emoción en mi pecho cada vez que la evocaba? Como si se tratara de una agonía iniciaba la jornada relamiéndome los bigotes porque tenía la ilusión de que deseaba a todas las mujeres que cruzaban mi camino. ¿Quién nos lo dijo? ¿Quién nos convenció de que ese es el hombre que aspiramos ser? Detesto a ese aventurero que me corresponde: galán fornicador, cazador salvaje capaz de poseer cuantas mujeres le plazca. Y mi vida se consume en esa amargura, esperando las rubias platino y los autos deportivos que prometieron a mi futuro, tan lleno de glamour, la gran oficina de muebles de caoba y la alfombra color césped. ¿En qué filme me vi practicando el golf dentro de mi propio despacho? Compadezco ahora a ese hombre, a los supervisores que llegarán a ser como él y a mí que ni siquiera aspiraba a ser uno de ellos.

Miraba la calle a través de los ventanales de la cafetería.

Sobre una acera caminaban los vagabundos de siempre o unos nuevos de cualquier manera semejantes. Parecían divertirse hasta la saciedad con sus zapatos hechos de llantas viejas y sus gorros de bolsas de papel. Haz algo con tu vida, me aconsejaban. Prefería mirar esos vagabundos que transitaban por la calle, fantasear que yo era uno de ellos, quedarme frente a la ventana más tiempo del aconsejado, esperar que pasaran las horas para volver con Patricia, amarla como era ella. Prefería recordar mi estancia en el Toks de División del Norte pidiendo otra taza de café a la mesera y soñar en Gloria, que tal vez si yo regresara por la noche la encontraría tan joven, tan dispuesta como antes y podríamos pasar juntos algunas horas en un motelito de la carretera. Y preferiría el motelito y la carretera y Gloria y sus pequeños vicios y el engaño y Patricia y el trabajo de cada jornada.

Sin embargo, algo había cambiado dentro de mí, debía admitirlo: seguiría al lado de Patricia, adoptaríamos un hijo o compraríamos un perro, pero flotaba en mi cabeza una nueva emoción surgiendo sin freno; una emoción repugnante que me hubiera gustado evitar; una nueva Bestia que sustituyó a la anterior. Continuaría viviendo con Patricia, pero tal vez nunca podría suprimir mi nuevo sentimiento hacia ella: el desprecio. Con él habría de vivir por el resto de los años.

Efectivamente, nunca lo suprimí: terminé divorciándome de Patricia.

7

Isabel me ha traído al hospital el primer tomo de las *Obras Completas de Flaubert* en la edición de Aguilar. Me viene bien. Busco un párrafo escrito por su biógrafo que subrayé hace algún tiempo: "Comportarse, publicar y hacer carrera de escritor, es una de las eventualidades que le repugnan. No ve ninguna diferencia esencial entre la profesión de escritor y la de tendero. En ambos casos se trata de un comercio".

Cierro bruscamente el libro. Me duele pensarlo así, yo que por mucho tiempo tuve la ilusión de colgarme el título de *escritor* y ahora coincido con esa idea. Me avergüenza saber que Flaubert tenía 26 años cuando pensaba así; yo he cumplido los sesenta y tres. De cualquier manera, sigo con la escritura, con esa que efectuamos siempre quienes estamos en esto: imaginar, imaginar que escribimos una historia, imaginar que sale perfecta y debemos pasar horas y días, a veces años, corrigiendo algo que de cualquier modo tendrá sus detractores.

Una amenaza se cierne sobre mi cabeza como si una parvada de zopilotes girara en derredor de ella. Es probable que me vuelvan a operar. El médico me ha dado una explicación, aunque a mí me pareció que estaba justificándose. Algo salió mal en esa mecánica del destripadero que él, elegantemente, llama cirugía.

Sin embargo, tengo la mejor combinación: ocio y deseo. Hasta el dolor físico puede posponerse. Dormí bien. Si el cuaderno está a la mano, mejor, pero si no, la imaginación es suficiente.

Tras mi divorcio viví en una azotea y trabajé atendiendo una tintorería. Estaba harto de visitar médicos, harto de proyectos fantasiosos en los que, esforzándome, llegaría a gerente de zona y, tal vez, no se sabe, a gerente general. Y no deseaba cumplir el sueño de mi generación: un pequeño departamento que pagaría por el resto de mi vida, un automóvil de cuatro cilindros que desgastaría hasta quedarme sólo con el volante entre las manos, una esposa cada día más fea y más vieja, como yo, unos hijos que, en el fondo, me despreciarían como yo a ellos. Me acercaba con sigilo a los cuarenta años, a un amenazante cambio de década en mi edad, leía como si viviera enfermo porque seguía soñando con realizarme como escritor. Pero otra vez uno de ellos me paraba en seco: si te interesa eso dedícate a pegar ladrillos o a la cirugía, había respondido Faulkner ante la pregunta ¿qué tan importante es la técnica?

Y tenía una amante, o algo muy parecido. Apenas me atrevía a mencionar a Blanca, mi amante, evitaba describirla porque la sabía fea; algún amigo la había visto más de una vez, yo temía su burla; esa mirada si rozábamos el tema quería decir: te mereces algo mejor. Tal vez era cierto, pero existía la comodidad de que ella subía a mi cuarto de azotea, ni siquiera debía yo buscarla. Además, lavaba mi ropa sin cobrarme, clandestinamente. Yo no tenía interés en buscar algo más y me hubiera resultado imposible plantearme un ligue en una cantina o en un burdel para empatar a mis amigos. Desde mi atalaya contemplaba la ciudad con un aire romántico sintiendo que estaba a punto de rebelar la poesía del sinsentido.

La hija de los dueños donde hacía mi trabajo llevaba a cabo algo parecido al acoso. Y yo me dejaba acosar. Subía al cuarto de azotea que era mi residencia y teníamos un encuentro sexual que me dejaba vacío y levemente deprimido. Tenía unos ocho años más que yo. O tal vez diez, nunca fui bueno para calcular la edad de las mujeres. No me gustaba, cierto, pero había leído una biografía de Flaubert y me daba ánimos pensando que Blanca era mi Elisa Foucault de la cual, algún día, estaría profundamente enamorado.

Porque a raíz de mi divorcio de Patricia, la vida se me presentaba suelta, libre hasta anonadarme, reducía mis necesidades económicas al mínimo y asistía, encantado a un taller literario.

Blanca habrá notado mi frialdad, ese extraviarme con el pensamiento mientras ella se entregaba con fiereza como si viviéramos una gran pasión —tal vez sólo de su parte— con el correspondiente desencanto —tal vez sólo de mi parte— al final de nuestro abrazo; ello nos conducía a un silencio embarazoso y a una urgencia porque se despidiera cuanto antes. Ignoro si se había enamorado, yo ni remotamente, pero significaba una práctica tan agradable que sería incapaz de negarme "…no estábamos enamorados, hacíamos el amor con un virtuosismo desapegado y crítico, pero después caíamos en silencios terribles y la espuma de los vasos de cerveza se iba poniendo como estopa, se entibiaba y contraía mientras nos mirábamos y sentíamos que eso era el tiempo". ¡Ah, Cortázar! También lo leía esos días.

No era bella, tampoco fea; sostenía su feminidad en un par de senos grandes, fuertes, que representaban la gran obertura, el movimiento principal y hasta la coda final de aquel concierto a dos voces que ejecutábamos con cierto virtuosismo. En ocasiones debíamos interrumpir el placer que vivíamos porque escuchábamos hasta la azotea el grito de la madre.

—¡Blanca!

No se desnudaba del todo y sólo acomodaba sus ropas para facilitar el trasiego: trasladar mi ser al suyo. Porque se asustaba, parecía no recapacitar en mi razonamiento: su madre jamás subiría los cuatro pisos hasta mi cuarto, cualquiera se daría cuenta: gorda, artrítica, siempre cansada, la madre apenas se movía dentro de su departamento de la planta baja, al lado del local de la tintorería y permanecía vigilante de la clientela. Lo más desconcertante: a mi amante, casi cincuentona, le aterraba la posibilidad de ser descubierta por su madre.

Un tiempo después, me rendí a la evidencia: debía mejorar mis ingresos. Así que, una vez más, cambié de empleo, de domicilio y olvidé a mi amante.

Ahora vendía enciclopedias. Había comenzado a asistir a talleres literarios de bajo costo. Alternaba mi actividad de vendedor con la de aspirante a escritor y algo que apreciaba de las dos actividades era el tiempo libre que me permitía librarme de muchos compromisos. A partir de mi divorcio viví en un estado de indefinición que me producía un enorme placer, aunque al mismo tiempo generaba el vértigo de la libertad: la absoluta inutilidad de mis actividades. ¿A dónde iba yo con ese aire de turista del mundo, de alguien que con facilidad podía pasar a la náusea sartreana?

Mi nuevo trabajo no era difícil. La gente prefería leer los capítulos de una enciclopedia que libros enteros; también los de abundantes ilustraciones. Me hacían preguntas antes de su compra y me envanecía hablándoles de las obras que trabajaba. Y mis ventas aumentaban.

La vida era tranquila según mi parecer. Mi jefe decía que demasiado tranquila, insinuaba que podría vender más. Yo hacía como que no escuchaba, estaba bien así. Hubiera querido decirle como Bartleby: "Preferiría no hacerlo", pero juzgué que sería demasiado. Porque me alcanzaba el tiempo para cumplir con mi afición favorita: leer. En ocasiones debía esconderme en la oficina para hacerlo. Y sobre todo, escribía, aunque era un escritor de "closet".

Llevaba varios años intentando leer la última novela de Joyce, *Finnegans Wake*. ¿O es *Finnegan's Wake*? Desde el título hay discusión. No había pasado de la primera página porque no la entendía. La tradujo Salvador Elizondo. No continuó con la traducción porque dijo que tendría que abandonar cualquier otra actividad, incluyendo la creación de su propia obra. Mi lectura en inglés era buena, pero aun así no me alcanzaba. Leí en una revista que *Finnegan* cuenta una historia, no es sólo ese galimatías que a todos nos desconcierta. No lo habría imaginado. Que esa historia comienza con la caída de un albañil desde un andamio y su muerte inevitable. Cayó porque estaba ebrio. Muere y no, porque, durante el velorio, alguien lo salpica con unas gotas de whisky, que quiere decir agua de vida y en irlandés se escribe *usqueadbaugham* con lo que Finnegan resucita o despierta, según se vea. Así que era una obra cómica y yo sin enterarme, reverenciándola por incomprensible, por fantasmagórica y críptica. Pero no pude continuar con mi propia lectura porque, como dijo no sé qué escritor, habría necesitado la beca Guggenheim para dedicarme sólo a ello. A mí nadie me daría una beca para leer y tratar de comprender *Finnegans Wake* (¿o *Finnegan's Wake*?). Así que sólo paseaba mi vista sobre las páginas del libro sin importarme si comprendía o no. Beckett dijo que había que leerlo como música; sólo había que cantar el texto porque tiene su propia melodía, se desplaza la mirada sobre él como sobre un pentagrama y uno se imagina cómo suena. No significa nada más allá de la tonada. Pero Beckett tocaba el piano casi como un virtuoso. ¡Claro que es más música que literatura! Y recordé que Joyce era un magnífico tenor.

A veces, prefería otras lecturas, las que sirvieran para contárselas a los clientes. Era la manera de convencerlos. Les hablaba de geografía, les mencionaba las capitales de los países o el nombre de los ríos del mundo entero: otra vez Finnegan, que menciona el nombre de cientos de ríos en el mundo y que comienza con una evocación del río que cruza Dublín. O de las montañas y de los mares y dónde quedan. Si no les interesaba la geografía me desplazaba al tema de las novelas. Esto funcionaba mejor con las mujeres; a ellas se les menosprecia porque ven telenovelas pero lo que desean es que les cuenten historias, porque la vida doméstica es mortalmente aburrida. Les hablaba entonces de *Madame Bovary*, de *Anna Karenina*, de *Safo*, de *La dama de las camelias* y lograba convencerlas; con tal de que se aficionaran a la lectura y de que encontraran el tiempo para ellas, para que nada las distrajera. Una vez le hablé a mi clienta de un ensayo de otra mujer, *Un cuarto propio*, porque me di cuenta, a través de mi posible compradora, que las amas de casa son dueñas de la casa entera, pero carecen de un espacio sólo para ella, de un cuarto propio; entendí que de eso hablaba Virginia Woolf y me sentí muy contento al decírselo. Ella me miró con asombro, como diciendo nunca lo había pensado o qué razón tiene usted y de esa manera pude venderle la colección completa de *Obras Maestras de la Literatura Universal*, que traía en promoción ese tiempo. No sólo me agradeció, me convirtió en su cómplice y ofreció pagarme en abonos sacando el dinero de su gasto. Yo acepté feliz. Nadie se daría cuenta de nuestra fechoría.

¿Había tomado la decisión de hacerme escritor, aunque el título, como si fuera de nobleza, me incomodaba? Es probable que sí; es probable que ni siquiera me diera cuenta plenamente, pero adoptaría, de allí en adelante, lo que leí de una entrevista a Sartre. Sobre su tema preferido, la literatura, Sartre sostiene lo que significa un compromiso: cualquier otra actividad pasa a segundo término. Sartre rememora lo que su gran amigo pintor, Fernando (el personaje Gómez, de *Los caminos de la libertad*), le dijo: "Ante todo, pinto; luego, está mi familia. No me importa que Stépha (su esposa) o Tito (su hijo pequeño) se mueran de hambre; ante todo, pinto". El filósofo francés continúa: "Eso mismo pensaba yo por aquel entonces, aunque no tuviera familia: ante todo, escribo". Quedé anonadado cuando leí ese pasaje. ¿Tenemos en nuestro tiempo las agallas para decir lo mismo? Algunos, sí. La mayoría, me temo que no. Yo tendría que probarlo.

Así que, como el equilibrista que cruza de un edificio a otro en una cuerda, escribí novelas, publiqué una. Era escritor. Sin embargo, dudaba de mi talento. No perdí el ánimo, compré manuales, seguí cursos; pero, la pregunta que no lograba responder a satisfacción era: ¿soy artista? Porque escribir es un arte, no tenía duda de ello. Llegué a pensar que no tenía el suficiente talento para ser artista. Para superar a Joyce, por ejemplo. Abandoné la ilusión. En consecuencia, me convertí en lector profesional. He leído más que muchos intelectuales. Lo sé porque acudo a conferencias, a presentaciones de libros; de pronto, me doy cuenta de que sé cosas que el conferencista ignora o cita equivocadamente. Permanezco en silencio, resultaría imprudente corregirlo en público; tampoco lo hago en privado, no me acercó a él después de su charla a recriminarle su error, es un alarde innecesario. Conozco la información más inútil que alguien pueda saber y, en esos momentos, desde lo más profundo de mi memoria, como si se tratara de un archivo que guardo tan fácilmente en mi computadora, salta, allí está, junto a la equivocación del que habla, la corrección correspondiente. Probablemente sufro de uno de esos raros síndromes en que la persona no destaca en nada, pero es un erudito en un tema en particular. O aprende de memoria el directorio telefónico completo. Antes, esa característica ocasionaba en mí una lucha interna que me devastaba, hasta que comprendí la tontería que habría resultado intervenir, regañar al que había citado mal. De esa manera aprendí a guardar silencio. Quisiera corregir al intelectual presumido que se despliega como un pavo real a quien los demás han obligado a representar un papel, pero resisto. ¿Qué ganaría con mi intervención? Lo peor es cuando esos sabiondos me miran desde su atalaya, me desprecian, son académicos, yo, un simple vendedor de enciclopedias, no soy de su gremio y… a las primeras de cambio dicen una tontería. ¡Y quedan tan campantes! Es cuando debo hacer un esfuerzo mayor, guardar un silencio de anestesiado sin apartar mi sonrisa beatífica que tengo hecha ante el espejo. Y la cosa funciona: el intelectual me mira compasivo, sé que me desprecia y enseguida corre a abrazar a otro de su gremio; a otro que habrá dicho sus propias tonterías en su momento.

Pero he hecho abundantes lecturas, de eso estoy orgulloso. Así llegué a *Finnegans Wake* (¿o *Finnegan's Wake*?) Lo leí en inglés; no entendí nada, como ya dije. Exagero, existen partes que se comprenden con la ayuda de un diccionario. El libro contiene una historia, una historia triste, como el discurso último: "¡Oh final amargo! Voy a deslizarme antes que se levanten. Nunca lo verán. Ni ahora. Ni me extrañarán. Y es viejo y viejo es triste y viejo es triste y cansada regreso a ti, y mi frío padre, mi frío padre, mi frío y loco padre, mi fiero y loco padre frío, hasta la inminente visión de la eminente dimensión de él, las moilleas y moilleas, me vuelven limonarina y salimorante y me apuro, único mío, a tus brazos". Así lo traduje.

¿Quién dijo que no se entiende? Es el canto triste de una despedida, la despedida de Anna Livia Plurabelle, que se parece al discurso desesperado, aburrido y soñador de Molly Bloom al final de *Ulises* y que con seguridad ha de corresponder a la queja eterna de Nora Barnacle a causa de la locura de su hija Lucía y las extravagancias de su esposo James.

Caminaba por la ciudad. Por la ciudad al borde del colapso. Había renunciado al uso de mi automóvil y prefería valerme del transporte público; y recurría, sobre todo, a mis piernas que seguían siendo fuertes. Lo hacía desde muy joven, desde el día en que imaginé llegar a ser escritor. ¿Qué relación puede haber entre el vagabundeo que inicié a esa edad y el gusto por escribir historias ficticias?, me pregunto ahora. Lo ignoro, pero se me ocurren respuestas: hay dos tipos de caminantes, el que lo hace para pensar y el que lo hace para ver. En el bosque, en la playa. Si es en la ciudad se trata de un aturdido que evita chocar con el que viene en sentido contrario, igual de aturdido que él. Tampoco comprendí el abandono temporal de mi vocación y el placer por aquellos recorridos casi interminables. Aunque lo de esos días era todo menos vagabundeo; me desplazaba visitando clientes. Me citaban en su oficina, rara vez en su domicilio. Me escuchaban con paciencia durante el despliegue de mis folletos, los afiches doblados en cuatro partes con las fotografías del continente africano, de la isla de Madagascar, la historia de su independencia para convertirse en la República de Malgache; la abundancia de lemures escondidos en su zona selvática, el parentesco de esos animalitos con la rama de los primates de la que provenimos y, entusiasmado, seguía con el viaje de Charles Darwin en el barco *Beagle* y la teoría de *La evolución de las especies mediante la selección natural* (cuyo ejemplar también cargaba para vender); y al decirlo, me sentía el más sabio de los vendedores. Y allí estaba: la hipnosis del discurso si lo hacía bien, el brillo en los ojos del burócrata que me escuchaba porque en la siguiente reunión con sus iguales recitaría mi lección para impresionar. Por eso mi aplicación al estudiar antes de llevar a cabo la promoción. O cómo, al exhibir las hermosas ciudades europeas que él debería visitar cuanto antes, sufría porque era imposible que alguna vez paseara por el centro de Praga o de Salzburgo. ¿Disfrutaba su frustración? También me hacía solidario con su medianía.

Salía feliz de la oficina porque había cerrado un pedido. Repartía cultura, aunque supe desde un principio que nada cambiaría su vida, no amaban el conocimiento, sólo pensaban en la utilidad que le rendiría el dato, los conocimientos recién inaugurados. Quizá uno de ellos alcanzara un alto puesto en el servicio público; apenas recordaría nombres de libros y autores, pero sería capaz de aprender el nombre de la capital de Austria o dónde se ubicaba el río Rhin o en cuál año se logró la independencia de los países africanos. Con eso le bastaría y me bastaba a mí. Cumplía con mi labor, tomaba una cerveza fría en la primera cantina encontrada al paso y recordaba los disparates que Joyce escribió en su último libro: *Finnegans Wake* (¿O *Finnegan's Wake*?).

Fue entonces que tomé la decisión: escribir por encima de cualquier otra actividad. ¿Qué me hizo tomar en serio *aquella* actividad? Si no tenía hijos, si me había divorciado, si leía a

Knut Hansum y casi pasaba hambres, si tenía una amante que como si no lo fuera, si sabía ganar suficiente dinero para sobrevivir, para flotar, ¿qué me hacía falta? No avanzaba, pero tampoco me hundía. Si todo ello me conducía al único camino que deseaba recorrer, entonces ¿por qué resistirme? El Gran Inquisidor aclaró mis dudas: ¡Hágalo! ¿Escribir? ¡Lo han hecho tantos! ¡Hágalo! ¿Un doctor de almas diciendo lo que debía hacer? ¿Qué sabía él de mis titubeos, de mi inseguridad? Pero claro que lo sabía, de otro modo sería una tontería pasar tres horas a la semana tendido en una cama que su gremio llama diván, como si les diera vergüenza llamar las cosas por su nombre, cama, clínica, enfermedad, curación. Compartía con él mis escasos ingresos, mis sueños y mis tribulaciones; lo único que no compartíamos eran sus vacaciones en Europa o en Puerto Vallarta o sus varias compras de estatuillas hermosas que colocaba, casualmente, ante mi vista cada vez que me tendía. Y lo hacía con mi dinero y con el dinero de otros menesterosos como yo. Pero valió la pena: un día me habló de la mayéutica y de Sócrates, mientras yo exprimía su elegante caja de *kleenex* que colocaba al lado del diván para que los idiotas narradores de nuestras desgracias nos sonáramos la nariz y secáramos nuestras lágrimas, no fuéramos a manchar sus muebles finamente tapizados. ¡Hágalo!, retumbaba la palabra en mi cabeza las horas siguientes, los siguientes días y él y yo, pero sobre todo yo, sabíamos de qué hablaba, a cuál actividad se refería, a la única capaz de despertarme un miedo cerval. ¡Hágalo!, Escriba, deje ya de estar merodeando el río sin arrojarse porque teme que el agua esté helada. Lo hice, temblando de frío, pero sobre todo de miedo y leí y pregunté y pasé los siguientes quince años pidiendo limosna de conocimientos técnicos, abstrusos, incomprensibles, que unos dioses inaccesibles poseían y no se les daba la gana compartir. De pronto, un grupo de desconocidos dijo: no está mal… y me dieron un premio. Ni siquiera sabían mi identidad, había que participar con pseudónimo, abrir la plica, llamar al notario para que asentara en el acta, ¿quién será este *Escribidor?*, que alguien le llame para darle la noticia.

8

Huele a formol, a desinfectante, pero a sudor y a encierro en una mezcla extraña, perversa. Las enfermeras cambian a diario las sábanas de mi cama. Tienen que hacerlo ellas, no las afanadoras. Cuestión de higiene, creo entender. Me exigen bañarme temprano, es como ha de comenzar el día. Si no ha llegado Isabel debo arreglármelas solo, no tolero que alguien más me desnude, que vea en lo que me he convertido, algo parecido a un despojo; que me ayude con los artefactos que cargo. El frío es intenso, persiste la idea decimonónica de que la ventilación cura por sí misma. Vagamente, también huele a esos humanos que somos todos y andamos parasitando el planeta creyéndonos superiores.

Quedo solo por varias horas. Me cansa leer y escribir es una tarea difícil. Paso mucho tiempo mirando el punto donde se une la pared con el techo. Había un televisor que se descompuso, me explicaron, no ha vuelto de la reparación. Entonces, suplo la pantalla con mis propias imágenes. Desfilan mis abuelos, el recuerdo hiriente de mi madre y el casi olvido de mi padre al que apenas conocí. Mi padre murió joven, como los grandes héroes, como Aquiles. Mi padre no fue un gran héroe, pero tuvo la gracia de morir joven. Los demás vegetamos, envejecemos vergonzosamente. Los dos muertos. Pude atormentarme con la idea de la orfandad, pero me distraje y seguí con mi vida como si leyera un instructivo: tras la educación primaria seguía la escuela secundaria, luego la preparatoria, después una profesión, no serás nadie sin un título. De pronto, el virus: leo, luego escribo. Acudiré a una escuela en la que me enseñarán a escribir. ¡Hecho! Me haré escritor con sólo asistir a clases, leer lo que me ordenen, hacer mis tareas, aprobar los exámenes. Tras cuatro o cinco años de tesón me entregarán un título que, bajo los nombres de la universidad y mío aparecerá mi grado: escritor. Y los cuentos y novelas irán escurriendo de la punta de mi bolígrafo hasta conformar los varios volúmenes de mis Obras Completas. Sencillo.

Hago amigos en el hospital. Si pueden llamarse así. Nos hermana el dolor, el de todos los días: la colocación de sondas, los pinchazos, los estudios. Nos hermana la amenaza de la muerte. Han desaparecido los gritos porque todos sabemos ya que gritar no lleva a nada, ni siquiera a que el dolor físico mengüe. Entonces, ¿para qué gritar?

Hay un hombre degollado que nos relata su caso. Debe colocar su dedo en la garganta para que salga su voz. Le colocaron una prótesis porque le extirparon la laringe. Habla en un susurro, pero lo escuchamos sin problema. Somos tres o cuatro formando rueda en una sala pequeña. Trabajamos ahora en un circo: escayolas, vendajes, tubos por todos lados, venoclisis, cráneos rapados, somnolencia. Todo cabe en nuestra función, aunque nadie ríe. El degollado relata: era deportista profesional, tiene dos hijos pequeños, una ronquera, después lo que todos sabemos: la biopsia, la mala noticia, el degüello.

Nos solidarizamos porque estamos casi en las mismas. Más tarde dejará el hospital; irá bien vestido, se calará un sombrero, el cuello envuelto en una chalina. Nos daremos un abrazo de despedida. No volveré a verlo jamás.

Ahora estoy solo la mayor parte del tiempo. Solo, pero acompañado. Acompañado de otros como yo, enfermos en espera: la visita de los médicos residentes, de mi médico personal, el cirujano. Ha dejado de interesarme la gente, ese conglomerado, los lugares, los paisajes. Los acontecimientos de fuera me producen un aburrimiento insoportable. Excepto Isabel, el mayor acontecimiento. Excepto escribir. Pero eso pertenece al adentro, no al afuera. Y tiene sus riesgos: hasta hace poco tiempo me reunía con un amigo de mi edad y evocábamos nuestros años juveniles; hablábamos sobre todo de béisbol porque él fue un magnífico pícher amateur y yo su cácher. Es zurdo. Hablábamos trivialidades, pero podíamos pasar varias horas recordando los juegos de la serie mundial, sobre todo cuando pichaba alguien que admirábamos; el gran control de sus lanzamientos a pesar de ser zurdo también. ¿A pesar? Sí, porque los que lanzan con ese brazo se descontrolan fácilmente: al parecer su cerebro y su mano se desconectan de pronto y la pelota lanzada va a dar a la tribuna o a la cabeza del contrario, cuando quería colocarla solamente en la manopla del compañero. Escribí una novela sobre el tema a la que titulé *Los años juveniles* y me divertí mucho al hacerlo; a mi amigo no pareció gustarle el libro cuando lo leyó porque el personaje pasaba por avatares que juzgó ofensivos. Es que se trató de un lector ingenuo, creyó que escribí acerca de él; tuve que explicarle que él sólo era el pretexto, la varilla de tres octavos sobre la cual vacié el cemento de lo imaginario, alejándome cada vez más de los hechos reales. No sé si comprendió, pero la publicación de la novela significó el fin de la amistad. Ignoro la importancia de lo que escribí para que dejara de hablarme, para que apenas respondiera un correo mío con un educado "no puedo visitarte, amigo, te mando un saludo." Tampoco respondió a mis llamadas. Como si hubiera muerto. Pero sé que no ha muerto. Al parecer no quiere saber más de mí. Cuarenta años de amistad tirados a la basura. Como el disgusto entre Hemingway y Scott Fitzgerald. Scott se ofendió porque a Hemingway se le ocurrió escribir acerca de "el pobrecito Scott". ¿Qué tiene la palabra impresa que ocasiona esos efectos? No me arrepentí por lo escrito. Mi amigo había hecho una lectura equivocada, al menos me convenía pensarlo así.

Mi anticuada costumbre de escribir a mano la primera versión. Después seguirían las correcciones. "Ser escritor es estar condenado a corregir", dijo James Salter en una conferencia. Tenía ochenta y nueve años cuando lo dijo y había escrito la novela *Años luz.* Algo sabría del asunto. Para mí era peor: entre la primera versión a mano y las subsiguientes correcciones el alud de dudas, la inseguridad, las lecturas desesperadas. ¿Desesperadas? Porque desesperaba a la búsqueda de una fórmula, de El Gran Secreto que mis escritores favoritos guardaban y que por motivos inconfesables se negaban a revelarme. Ellos formaban una cofradía. Convivían Esquilo y Shakespeare y Kafka y Joyce y muchísimos más. Era la conjura de los grandes necios poniéndose de acuerdo para el silencio. Averígualo tú solo, parecían decir. El plan de ellos era no dejarme entrar al club, no con esas credenciales que portaba.

Mi primera novela, cuando decidí hacerme escritor profesional, la corregí once veces. Existían ya las computadoras personales y se usaban entonces los diskettes. En una pequeña caja de plástico reuní los once diskettes, los numeré y supuse terminado el trabajo. Cometí el grave error de repasar la lectura de las versiones anteriores a la última. ¿Era mejor la quinta versión? ¿La tercera o tal vez la primera? Porque, ¿qué me había hecho suprimir este capítulo, aquel pasaje? Creí trastornarme. ¿Cuál enviar a las editoriales? La situación empeoró a partir de los primeros rechazos. ¡Debía enviar otra versión! La segunda era la más pulcra, la más cuidada. ¿O tal vez la sexta? Apenas podía creerlo. Estaba cercado por once escritores distintos que conspiraban en mi contra. Al fin, la novela se publicó. Toqué el otro extremo la siguiente ocasión: sin revisión, sin darla a leer a nadie, proponiéndola a una editorial que comenzaba, que extrañamente se arriesgaba con escritores también en sus comienzos. Era otro exceso. Así que debía encontrar el justo medio, pensé, un punto de equilibrio en el que solicitara una opinión ajena pero no corregiría en exceso. Isabel representaba ese punto de equilibrio, pero tenía el peligro de su excesiva parcialidad a mi favor. Me volví a complicar la existencia.

Lo había pensado antes, seguía considerándolo: escribir es ejercer la libertad o no es nada. Una libertad irrestricta, aunque llevara al disparate. Escribo para ser libre, anoté alguna vez. Escribo para imaginar lo que no he vivido o para vivirlo de otra manera. También escribo para denunciar, para señalar, para que mi voz, normalmente silenciosa, sea escuchada. A veces escribo para divertirme, para volver interesante la vida diaria. Es la bisagra, el punto de flexión de mi existencia limitada.

Salí del hospital un lunes por la tarde. Último día del mes de marzo. Había terminado Semana Santa, comenzaba la Pascua. Quizá ha sido la mejor-peor Semana Santa que he pasado en mi vida. No he tenido que soportar la falta de espacio en las playas, en los restaurantes, el aburrimiento por las películas pasadas en la televisión, los discursos hipócritas de los curas pederastas acerca del sufrimiento de Cristo. También ha significado salir de una prisión. Para mí, al menos. Salvaba el pellejo, eso quería decir; como el piloto que sufre un accidente en plena carrera, su auto da volteretas conforme choca contra el muro de contención, los espectadores esperan lo peor y cuando el polvo se asienta y un leve fuego se inicia en el motor, el hombre sale corriendo, vivo, heroico, para alejarse del vehículo a punto de explotar; los ayudantes disparan sus extinguidores y el público lanza un prolongado suspiro de alivio porque un hombre se ha librado por un pelo de morir hecho pedazos.

Una cosa era imaginarlo y otra muy distinta enfrentar el hecho: hacía casi un mes que no caminaba por la calle, que no miraba a los demás sin que se tratara de otros enfermos o profesionales que trabajaran en el hospital. Isabel y yo recorrimos ilusionados el largo pabellón de mi estancia de varias semanas, nos despedimos de algunas personas, me reintegraba a la vida. Al cruzar la puerta del edificio y recibir la primera bocanada de aire callejero rompí a llorar de manera inexplicable: ¿Qué me sucedía?, pareció preguntarse Isabel, era claro que no comprendía mi reacción y menos podía describírsela. ¿Era la libertad recobrada lo que me ponía en ese estado? ¿De verdad había vivido la condición de un prisionero sin que me diera por enterado hasta ese momento? Sentí vergüenza ante mi comportamiento, pero el brazo de Isabel me ancló para que mi imaginación no estropeara el momento que debía ser una celebración. Es probable que haya sido en ese trance cuando me hice la promesa de no volver a hospitalizarme: ni herido, ni enfermo, ni moribundo.

Unos pisos arriba, momentos antes apenas, me colmaba el optimismo; ahora me enteraba de que no se trataba de un triunfo. Debía tomarlo con calma, seguir una dieta, limitarme en la actividad física, cumplir con los tratamientos posoperatorios y no faltar a los estudios de control. Eso era la inmortalidad. No importaba la contradicción evidente: una inmortalidad temporal. Zeus en sus viajes a la tierra para conceder sus favores y para retirarlos si lo deseaba. ¿Y Jehová? No, con Jehová el arreglo era distinto: condenación eterna, nula esperanza de volver. Pero quedaba Jesucristo: ese pobre sufriente prometiendo la vida después de la vida con tal de hacer algunas concesiones: ofrecer la otra mejilla, confesarse, reincidir, volver a la confesión, así hasta el infinito y la salvación como resultado en el más allá.

En ese momento sólo creía en el más allá… de la puerta del hospital. Ah, cuántas mentiras me habían contado desde niño, cuánto había creído en ellas por un tiempo que ahora me avergonzaba: ¡serás inmortal! Debía estar alerta, sobrevivir era ya un triunfo; mi meta, seguir con los ojos muy abiertos y la imaginación controlada.

No había duda de que exageraba. Habían sido sólo unas semanas, hasta que caí en la cuenta de que no se trataba de un tiempo real, tampoco de un espacio real; lo que vivía al recorrer las calles con dirección a casa era el camino de la resurrección. Volvería a mi vida normal, al menos eso pretendían mis médicos; la de pagar las cuentas, la de las maneras de mesa, la que restauraba mis preocupaciones triviales: ser reconocido como escritor, los asuntos de dinero, el papel a representar ante los demás. Hubiera querido volver al hospital, entregar mi cuerpo a esos profesionales que sólo veían en mí una máquina, se esmeraban con mi *De humani corporis fabrica libri septem* de Andrés Vesalio. Ah, qué dicha ser enfermo, no asumir ninguna responsabilidad, pertenecer a otros, olvidarme de mí para siempre. Ahora volvía a cargar conmigo, yo, que con frecuencia me resultaba insoportable. Quién fuera Cristo para justificar mi existencia a través de un sufrimiento interminable y decir que lo hacía por lo demás. ¡Brillante coartada! Llevaba dos mil años siendo efectiva. Estaban los estoicos, claro, existían desde entonces. Por desgracia sus ideas pertenecían ahora a los libros de autoayuda: "Aunque no podemos controlar lo que nos pasa en la vida, podemos controlar nuestra percepción." Y yo estaba ahíto de percepción. Como ahora: ¿Cuándo habían cambiado la fachada de la tienda Liverpool en esa esquina de la avenida Insurgentes? ¿Tendría mucho tiempo y yo apenas me fijaba? Seguramente.

El taxi se desplazaba como si flotara. Así me lo parecía. ¿Me había quedado sordo, descerebrado, para no escuchar los ruidos de la calle? ¿Estaba soñando? No; volvía a mi ruido normal, al desastre humano de todos los días, nada más eso. Y lo hacía con cierto aire de esperanza. Yo, como los demás, volvía a mi estupidez cotidiana. "Pues no existe nada que respire o se arrastre sobre la tierra que sea más miserable que el hombre." ¿Quién lo dijo?

—Sé que es como una persecución: he estado enfermo; por ahora he sobrevivido —dije.

—¿Persecución? —preguntó Isabel—. ¿Qué quieres decir?

—Quiero decir que te persigue la muerte todo el tiempo. Que la vida es tan frágil que me sorprende haber rebasado los sesenta años y continuar vivo.

El taxi se detenía continuamente. Luego volvía a avanzar.

Después el semáforo o la larga fila de autos nos volvían a parar. Dije:

—Los seres morimos al nacer, en la infancia, en la adolescencia, atascados de drogas y alcohol, o en la juventud temprana en un pleito de cantina…

—¿Cómo? —Isabel se mostró extrañada.

—O, más grandes, a causa de una enfermedad. No escapamos. Nuestra vida es una carrera loca que no conduce a ningún lugar. ¿Conoces esa historia del mexicano condenado a muerte en una prisión de Texas por un crimen que no había cometido? Se demostró su inocencia, obtuvo el perdón y fue liberado. En su primer viaje en territorio mexicano, manejando un auto compacto, cruzando esa larga recta de Matehuala a Saltillo un fuerte viento desvió su auto al carril contrario y se estrelló de frente contra un tráiler. Murió al instante. Había pasado dieciséis años en el pasillo de los condenados a muerte apelando para no morir legalmente. Salió de la cárcel para matarse en una carretera, ¿no es estúpido? ¿No es demasiado estúpida la vida para tomársela en serio?

Noté que Isabel deseaba cambiar el tema de la conversación. Noté que preguntaba algo al chofer. Noté que el chofer deseaba escuchar otras cosas de sus pasajeros. Sucedió. Isabel y el chofer del taxi comenzaron a parlotear acerca de la contaminación en la ciudad, del insoportable tráfico vehicular, del aumento de precio de las cosas. Guardé silencio. Comprendí que estaba solo; solo con mi estúpida conciencia que buscaba el lado incómodo de una reflexión impostergable.

II

9

Isabel y yo éramos amantes. Debíamos escapar de la vigilancia familiar. Fue difícil que los padres comprendieran nuestra relación, no toleraban que una hija de esa edad se enamorara de un hombre de la mía. Lucían escépticos. Pero a mis ojos, lo peor en nuestros inicios no era la opinión que les generaba mi persona sino el hecho de que Isabel siguiera viviendo con ellos en su etapa adulta. Nadie mayor de veinte años debería vivir con un grupo conformado por el padre, la madre y varios hermanos, pensaba. Un lugar al que llegaba por la noche, saludaba a varios miembros conocidos, contaba su día, dormía bajo el mismo techo y se aprestaba a repetir el ritual al día siguiente. Parecían de otro mundo para mí que había perdido a mis padres tan pronto y que carecía de un hogar así desde muy joven. Los primeros años de mi vida conformaron una colección de pérdidas: mi padre primero, siendo yo un niño apenas, mi madre más adelante, mi hermano cuando adolescente y el resto de la familia al paso del tiempo. Me parecía lo más natural que una persona viviera sola al despuntar su juventud. Pero sentí tal alegría al conocer a Isabel que decidí, después de varios encuentros, después de escuchar su historia y de que hiciéramos el amor con un entusiasmo que yo tenía olvidado, que ella estaba en lo correcto y yo, en cambio, era un desastrado sin familia, queriendo huir todo el tiempo, aunque no supiera a dónde ir y sin hacerlo realmente. Era la historia de mi vida. Así que, ante ese relativismo que envolvía mis más antiguos recuerdos, opté por amar a Isabel pues me percaté del enorme privilegio que significaba una simple mirada de esos ojos oscuros llenos de ternura. Desde lo más profundo de mi ser romántico —yo, de dieciséis, años aprendiendo de memoria los poemas de Gustavo Adolfo Bécquer —resurgía, ahora, tal como el sujeto que siempre fui y sobre el que solamente había puesto las capas de la experiencia, como las de una cebolla a sabiendas de que al final de la última envoltura no quedaría nada.

Pero mientras eso sucedía, el gusto por vivir y por haberla encontrado me mantenía en el paraíso, como a Dante cuando conoció a Beatriz. ¿Dante? ¿Otro romántico antes de que existiera el Romanticismo? Y soporté que los padres se refirieran a mí como "el viejito", que objetaran la diferencia de nuestras edades y que se resignaran a verla partir sin anillo de compromiso ni vestido de novia. Sí, para vivir conmigo.

Pasó un tiempo antes de que nos casáramos. Un tiempo para vivir juntos, para viajar, para hacer nuevos amigos. Le propuse matrimonio, me rechazó la primera vez. La convencí hablando del futuro, de la amenaza que me rondaba, pero no pude impedir su llanto al mencionar mi muerte que, inevitablemente, sería antes que la de ella; puedo morir yo primero, rebatió todavía. Reí. Gozaba de una salud portentosa, un físico de atleta, ¿morir antes que yo? Continué riendo.

Su madre, las escasas ocasiones en que la traté, me impresionó por su aire de mal humor constante. Cuando nos visitó en La Cabaña de la Escritura se invitó sola: iba pasando por aquí, ¡a cinco kilómetros de la población más cercana! Se dedicó a menospreciar nuestra casa, a sugerir cambios, a entrar en la cocina y abrir el refrigerador, a escandalizarse de lo que en él guardábamos o lo que nos hacía falta y todo ello sin solicitar nuestra autorización. Cuando se marchó no se despidió de mí. Isabel terminó odiándola y para mi felicidad un día manifestó su repudio por volver a verla. Tras un tiempo de visitar regularmente a un psicoanalista concluyeron, los dos, que había resuelto el problema. ¿Cuál problema?, pregunté ingenuamente; el del mandamiento cristiano: honrarás a tu padre y a tu madre, dijo.

—No la amo, nunca la he amado y nada significa para mí la consanguinidad en los asuntos del amor.

Me dio un beso y explicó: el amor es un constructo, un invento que se troquela, después de lo cual me volvió a besar en la mejilla y se marchó a atender sus actividades.

La madre de Isabel —la llamé vengativamente Clarabella, en recuerdo de una vaca tonta de algún antiguo comic— era mal intencionada y creo que en el fondo envidiaba a su hija Isabel que era una flor en ese pantano familiar porque ella brillaba entre el lodo. Debieron llamarla Xochitl o Tescatlipoca, uno de esos nombres del México ancestral que con una sola palabra recitan un poema entero. La madre sería infeliz, pensé; sus parientes otro tanto, me convino concluir. Ellos tenían una historia. Yo también. Debía concluir que ninguna de las dos familias había sido feliz. Pero la infelicidad, cuando se vive, no se descubre: viví perplejo desde la muerte de mi padre siendo yo un niño apenas. Esa sensación se agudizó a la muerte de mi madre. Tal vez por eso hice de cuenta que mi hermano había muerto a raíz de su ingreso a la cárcel. Mejor darlo por muerto que llorarlo eternamente. No me lo volverían a hacer: amar a alguien y verlo marchar. O suponer que debía amarlo —como en el caso de mi padre— y no tener tiempo siquiera para troquelar ese amor. Y esa noche, Isabel y yo nos entregamos al amor con fiereza sin igual; ella me susurraba palabras dulces al oído, que era su expresión extrema para hacerme comprender lo mucho que disfrutaba. Y antes de dormir, como hacía a diario, me dijo: te amo. ¡Un constructo, un invento!, mientras yo disfrutaba aquel periplo hasta el sueño que me arrasaba después de que ella comenzaba a hacer más y más profunda su respiración.

Es lo que faltaba en aquel otro grupo, en el de Isabel. Había varios hermanos, había un padre y una madre, todos se odiaban soterradamente, según mi apreciación. Los padres harían el amor con un desapego rutinario, terminarían apenas satisfechos para volver al odio anterior. El padre no le susurraría "Te amo" a la mujer antes de dormir, ella a él tampoco, ella roncaría con gran estrépito, pensé gustosamente, él se levantaría a media noche para ir a dormir a la sala; al día siguiente continuarían su rutina como si nada.

No hemos vuelto a ver a su madre. Por cierto, a su padre tampoco; creo que Isabel lo considera un simple apéndice de la madre y dejó de visitarlo sin mediar emoción alguna; y tiendo a creer que fue la indiferencia lo que selló en adelante su relación con él.

Fuimos huérfanos de padre y madre por diferentes caminos. Ello operó a nuestro favor. La vida compartida era cada día más dichosa, cada día más gozosa y disfrutable. No salía de mi asombro ni hacía a un lado la alegría que nuestro amor nos regalaba.

Nos reíamos de los programas de radio en los que se simplificaba el tema del amor marcando sus tiempos como si leyeran el instructivo de un equipo electrónico. Simple y perentorio. Nos reíamos porque tras varios años unidos nos disfrutábamos uno al otro como si viajáramos en una luna de miel que no terminaba. Para desconcierto y admiración de nuestros amigos. No fingíamos. Nuestro amor quedó confirmado cuando leímos el libro *Memorias de una viuda*, de Joyce Carol Oates: el marido de la autora murió después de cuarenta y ocho años de estar juntos. Y ella dedicaba más de trescientas páginas a llorarlo y a extrañarlo. Luego era posible, no un delirio.

Lloramos, claro. De felicidad unas veces, de tristeza otras. Esto último cuando intuimos la amenaza de que lo nuestro pudiera terminar. Sin poder evitarlo, nos llegaba la idea irrecusable de que yo le llevaba muchos años. Mi enfermedad no hizo más que confirmarla.

Así que debía darme prisa. De joven contemplaba la vejez como la edad apacible, un estado de gracia que despertaba las mayores simpatías y la tolerancia absoluta. Lo cual no aplicaba del todo en mí: siempre tuve algo de repugnancia hacia los viejos. Uno se convertía en un viejo bondadoso, con algunos achaques, claro, y sobre todo asexuado. Un monigote, pues, el cual no servía más que de adorno y no representaba una amenaza para nadie. Sobre todo, para los jóvenes; ellos lo despreciaban y con fingir que le guardaban respeto era suficiente. Imaginar que esos dulces ancianos tuvieran vida sexual o al menos el deseo los conduciría al mayor asco y jamás sería un tema a tratar con la familia. El sexo era un coto privado para la gente elástica, sana, joven. El desconcierto aumentaba al contemplar a una pareja con una diferencia en las edades tan grande que resultaba incomprensible: ella pertenecía a la generación que hacía el amor como si se tratara del triatlón, un deporte de alto rendimiento, una prueba de esfuerzo fácilmente realizable. Allí estaba la escena repetida hasta el ridículo en las películas norteamericanas: él y ella se dan el primer beso y de allí en adelante se jalonean, se empujan, chocan contra las paredes, se desvisten y se desuellan antes de llegar a la cama. ¿Por qué la prisa?, dan ganas de preguntar. ¿Tan breve será el amor? Entonces, ¿qué hace esa mujer joven y hermosa al lado de aquel hombre al borde mismo de la decrepitud? ¿Cuántas bromas podían hacerse a costa de esa pareja insinuando los peores momentos de su intimidad? Dime ya, ¿cómo está el viejito? Mi subjetividad decía otra cosa: yo vivía en mis treinta años y ejercía mi sexualidad con el entusiasmo de esa edad. Y leí que el deseo sexual no termina nunca, ¡nunca!, ni en hombres ni en mujeres, sin importar la edad. Lo cual habría abochornado a más de un nieto y a los hijos, de paso. Lo que sucedía, terminé por pensar, era que los viudos y las viudas y los divorciados aceptaban lo que los demás les trasmitían: no existe el lenguaje privado, escribió el loco Wittgenstein; nuestro discurso, aún el mental, lo hacen los otros. ¿Tú, a tus años? Un amigo mío vivió una situación semejante: después de enviudar se casó con una mujer más joven; conclusión: los hijos dejaron de visitarlo, se alejaron. ¿Odiaban a su madrastra?, pregunté a uno de ellos. ¡No!, fue la respuesta. ¿Entonces? Debí averiguarlo con herramientas de relojero: es que mi padre, ¿teniendo sexo a su edad? ¡Qué horror! Y estaba el argumento biológico: la mejor época para la reproducción es la juventud, en los animales resulta un hecho, los humanos tenemos nuestro reloj natural. Pero yo pregunté: ¿Qué tiene que ver el reloj biológico con el deseo? No aclaré mi duda.

Nada nos detuvo; compramos una hamaca, la colgamos en la terraza de La Cabaña de la Escritura, le pedí a Isabel que se tendiera en ella, desnuda, al aire libre, la abordé como si fuera un perverso de película porno, la besé por todas partes, la penetré haciendo cabriolas en tan inusual lecho, sólo me faltó ponerme de pie al final, golpear con ambas manos mi pecho y lanzar el grito de Tarzán. Me erguí henchido de orgullo mientras dejaba a mi hembra exhausta, meciéndose suavemente en la hamaca. ¿El sexo sólo para los jóvenes? ¡Ja! Un prejuicio más a vencer.

¿Estaba salvado? ¿El sexo, el amor, la búsqueda del placer a toda costa me alejarían de la amenaza? ¿La enfermedad claudicaría ante ese empuje por retornar a la vida como si nada grave hubiera sucedido?

Sin embargo, debía apurarme. ¿Al hacer el amor con Isabel? ¡Claro que no! Prisa en escribir. Yo debía avanzar en mi obra, aunque no podía decir "terminar" porque ¿cuál obra de un escritor está terminada a su muerte? Proust y Kafka no tuvieron tiempo de revisar sus novelas. Con frecuencia, cuando un escritor fallece se encuentran textos suyos sin acabar. Camus cargaba la novela que estaba corrigiendo en el momento de su accidente mortal. La encontraron en un portafolios que llevaba con él. *El primer hombre*, esa novela, se publicó más de treinta años después. Se comprende; Camus dijo en una entrevista tras el anuncio de que había recibido el premio Nobel de literatura: Mi obra no ha empezado aún.

La vida de un escritor es un viaje sin final durante el cual el autor pasa escribiendo la mayor parte de sus días, si es verdadero escritor, y corrigiendo cuando el tiempo se lo permite, sabiendo con vaguedad cuándo comenzó, pero ignorando por completo el día que terminará. "Albert Camus fallece trágicamente en 1960. Con cuarenta y seis años. Deja una obra considerable e inacabada." Dos verdades: "Fallece trágicamente." ¿No toda muerte es una tragedia aun las que se consideran de causa *natural*? Y la otra: toda la obra de un artista es inacabada.

¿Por qué mi prisa? No sé si la había o nació a partir de la noticia de la enfermedad. ¿Qué esperaba, la vida eterna? Es la gran ilusión. Y, sin embargo, el propio Camus anotó en uno de sus Carnets: "Se acabó el Festival de Angers. Fatiga alegre. La vida, la vida maravillosa, con su injusticia, su gloria, su pasión, sus luchas, la vida vuelve a empezar. Hay que volver a amarlo y a crearlo todo".

En ello radicaba la paradoja. Mi vida parecía recomenzar continuamente y, sin embargo, sentía que era necesario apurarme. Ya expliqué la razón. Un escritor está escribiendo su testamento desde que estampa su primera palabra pública. Palabra pública: la que mostrará a otros. Porque, aun pretendiendo no publicar hará constar a alguien lo que ha escrito. No faltará el amigo, el pariente, el investigador que rescate lo no publicado. ¿Impudicia? ¿Para qué lo escribió entonces? ¿Por qué Kafka no destruyó él mismo la obra que no había publicado y que no tuvo tiempo de corregir? ¿Por qué encargó esa destrucción a su mejor amigo a sabiendas —era suficientemente inteligente para suponerlo— de que su amigo sería incapaz de cumplir esa última voluntad? Si yo quisiera que no se leyera lo que ahora escribo lo lanzaría al fuego en este momento, pero oh, qué pena no haber construido una chimenea en La Cabaña de la Escritura.

Isabel trabajaba en la ciudad de México durante la semana; yo apenas uno o dos días. El resto escribía, que no es lo mismo. Porque esos que dicen que escribir es un trabajo traicionan la esencia de la actividad. Escribir es un acto gozoso que se hace sin cobrar un centavo. Si produce dinero es por azar, una casualidad que sobreviene inesperadamente. Yo cargaba con el inicio del texto a La Cabaña de la Escritura. En pantuflas, le escuché decir a un escritor durante una conferencia. Realizaba su oficio en pantuflas.

Descubrí lo que más apreciaba de escribir: disponer de tiempo a mi entero antojo, tratar sólo con las personas que me interesaban, pasar muchas horas solo o en compañía de Isabel; dormir cuando me apeteciera, hacer las tres comidas al día.

Bebíamos a diario. Manteníamos un sutil equilibrio entre el bebedor social y el alcohólico. Nos defendíamos diciendo que apenas rebasábamos las cantidades recomendadas por la Organización Mundial de la Salud en el apartado Beber con moderación y siempre comíamos al hacerlo. Era un alimento, soltábamos como segunda razón. De ese modo nos tranquilizábamos para continuar nuestra fiesta privada. Si flaqueábamos por un instante y comenzaba a preocuparnos la cantidad de alcohol bebido echábamos mano del argumento filosófico: la vida carecía de sentido, no poseíamos la menor creencia metafísica y sólo quedaba disfrutar el presente; nuestro presente era, a no dudar, la comida, la bebida y el sexo. Y los amigos, nuestras estancias en La Cabaña de la Escritura y las breves en la ciudad de México, en parte obligatorias y también desobligadas. Al hecho de escribir le reservábamos un sitio especial que no lo incluíamos en el argumento filosófico porque pensábamos que daría sentido a nuestra vida y caeríamos en flagrante contradicción.

Al paso del tiempo dejamos de asistir al teatro, al cine y a los museos durante nuestras permanencias en la ciudad. Nos parecían actividades esnobs ideales para comentarlas con los amigos, pero nada más. Y para hablar de nuestros viajes. Porque al llegar al departamento nos vivíamos vacíos y nos importaba muy poco haber estado en Venecia y en su vecina Trieste y habernos fotografiado junto a la escultura de Joyce en un puente, en posición de realizar la marcha como si viéramos mover su bastón de aquí para allá. Porque hablábamos de muertos y eso, inevitablemente, nos remitía a nuestra propia muerte que, para llegar al colmo del realismo, no podíamos soslayar el hecho de que la mía se anunciaba mucho antes que la de Isabel. Y se nos presentaba ese fantasma que en los raros momentos en que compartíamos la melancolía nos gritaba con brutalidad que yo era mayor que ella por bastantes años. No recuerdo bien cómo terminábamos enredados en esa tristeza que ya superaba la simple melancolía y en la que nos veíamos, yo muerto, ella extrañándome al grado de que llorábamos y yo le decía haciendo pucheros "no quiero dejarte sola" porque ello me horrorizaba. Era cierto. ¿Qué haría ella sin mí? ¿Con quién bebería durante las tardes en La Cabaña de la Escritura? ¿Con quién haría el amor mirando el campo a través del enorme ventanal de nuestra recámara? ¿A quién leería sus narraciones recién escritas con la inseguridad que todos tenemos en esa primera versión? No era tan ingenuo para suponer que su soledad duraría mucho tiempo; es hermosa, es inteligente y está asegurada en lo económico. Su soledad se mantendría durante un suspiro apenas, el que ella quisiera, pero al pensarlo durante aquellas noches en el departamento de la ciudad o en La Cabaña de la Escritura nos abrumaba la sensación de pérdida, yo por no estar más con ella, con nadie, ella por no tenerme a mí. Era anonadante, embrutecedora, la vivencia de esa soledad cósmica, ese desamparo absoluto, aunque pudiera durar sólo un instante.

Mejor beber. Mejor pasar los días en La Cabaña de la Escritura, mejor amarnos como si cada día fuera el último, no, mejor como si no hubiera último día, sino que el tiempo fuera eterno, como hacen los niños, sin final, sin preocupaciones y sin que el cuerpo se quejara por los abusos que cometíamos con él.

Éramos felices. Sí, también nos sabíamos condenados a muerte.

Por ello ese tributo a la memoria, que no es otra cosa que una colección de mentiras que comienza a alargarse demasiado. Y pasé por el tamiz a mi padre, a mi madre, sus muertes absurdas, inesperadas por tratarse de personas jóvenes; es una traición a la vida que un ser muera joven, un disparate. Me ocupé de mi abuelo, su final también, y comprendí que el tema de la muerte rondaba mi cabeza desde niño y que hiciera lo que fuera no me libraría de pensar en la mía. Entonces se encendió un pequeño foco encima de mí, dentro del foco la palabra idea y al desarrollar la idea me percaté de que era una pequeña y que no era mía: se escribe para no morir; al menos, para no morir del todo. Hay un lector que lee a un escritor muerto y lo salva. Escribo para un lector que vivirá dentro de cien años, pero ese lector también morirá y dentro de ciento cincuenta años volveré a preguntarme: ¿Para quién escribo? Aunque ya no escucharé la respuesta.

Habíamos ajustado nuestro tiempo Isabel y yo. Mientras ella completaba sus días de trabajo en la ciudad yo permanecía en La Cabaña de la Escritura solo. No fue mala idea, aunque, en ocasiones, no tan buena. Me levantaba temprano y por allí de las ocho y media estaba ya ante mi libreta de apuntes empuñando mi pluma fuente Meisterstück de *Mont Blanc*. Resultaba emocionante: las palabras parecían surgir de la pluma misma, más que de mi cabeza. El tiempo se iba y me abrumaba la sorpresa: había escrito durante cinco horas, preparaba mi comida, bebía unas cervezas o un par de vodkas, veía un juego de fútbol, dormía una pequeña siesta y al despertar eran apenas las cinco de la tarde. ¿Qué sucedía con el tiempo que se alargaba tanto y hacía que el día no terminara nunca? Yo, tan ambicioso de joven porque me alcanzara el tiempo para todo lo que deseaba hacer, ahora me sobraba. Seguía la lectura: Kafka, Philip Roth, Paul Auster. Las siete, las ocho tal vez. La amenaza del tedio jadeaba en mi nuca como una bestia hambrienta queriendo devorarme. Me preguntaba en esas horas de soledad y de actividades tan mías, ¿me dará alcance? Por pura superstición me movía de lugar, ora en la mesa del jardín contemplando en leves alzadas de vista las hermosas buganvilias que sembrara con Isabel, ora en mi estudio, un tapanco sobre la cocina —cómodo, silencioso— porque tenía la ilusión de que una presa en movimiento es más difícil de cazar que el animal paralizado por el miedo ante las fauces atroces de su depredador.

Cuando Isabel llegaba me sentía salvado; su toma de posesión de la casa, su claridad para lo que debíamos hacer, nuestras visitas al pueblo a cinco kilómetros de distancia para hacer las compras, las noches pasadas en un abrazo perpetuo, me hacían considerar disparatadas mis reflexiones estando solo. Mi lectura de las quince o veinte cuartillas que había escrito en su ausencia, sus atentos oídos, me llevaban a comprender la importancia de su dulce compañía frente a mi temor por la soledad absoluta.

10

Mis ingresos económicos no eran malos. Yo diría que hasta bastante buenos. Tras muchos años de piruetas para apenas ganarme la vida mi suerte cambió: un premio generoso, la venta afortunada de alguno de mis libros, las traducciones y unos cursos particulares bien pagados me liberaron al fin de la pobreza. Había que agregar: ausencia de hijos, de alguna extravagancia económica, el trabajo de Isabel. La Cabaña de la Escritura se presentaba, así, como nuestra mejor alternativa. Corríamos a ella. Escribir como una urgencia. La cabaña, la escritura, Isabel. Debí reconocer que, como el conductor del auto estrellado, efectivamente, salvaba la vida yo también, aunque ignorara por cuánto tiempo. Algo debía faltarnos, una cultura entera apostaba por ello, de otro modo, Dios estaría revolcándose de envidia en su nube sonrosada. Así que estábamos advertidos. No lo sabíamos entonces, pero oculta en el bosque de encinos y huizaches rodeando nuestra cabaña, quizá atrás del monolito que golpeaba nuestra vista cada mañana, se encontraría acechante, lúcida y carroñosa, la desgracia que debe torcerle el destino a cualquiera.

Deseaba no dejar de escribir. Lo hacía. Pero necesitaba de la vida también. Intuía cierta incompatibilidad entre ambas actividades: la palabra o la vida, parecía ser el lema. Apenas comenzaba el reconocimiento por mi actividad literaria. Creía necesitarlo. Leía con avidez, como un enfermo cuya salvación estuviera contenida en los libros de otros. Había una apuesta: comprometerse lo menos posible con "el mundo", incluyendo el trabajo: el más modesto y carente de futuro que pudiera encontrar. Se me ocurrió que sólo así podría hacerlo, escribir *mi obra*. Elegí el ensayo como una manera de poner orden a mis ideas, si es que tenía algunas. Había llegado a la edad de las preguntas simples, al menos en apariencia. Recurrí a Sartre, mi gurú de tantos años: ¿Qué es escribir? ¿Por qué escribir? ¿Para quién se escribe?, se preguntó el filósofo. Más de medio siglo después yo rescataba las preguntas y las hacía mías. Me revolqué en el lodazal de la estupefacción sin haber escrito lo suficiente. La parálisis me amenazaba. Así que debía continuar escribiendo, aunque al mismo tiempo me hiciera los cuestionamientos de Sartre. Podía entremezclar las respuestas, era libre. Una rara sensación me envolvió y opté por dejarme llevar: comprendí la ventaja de escribir a mano la primera versión de cualquier texto. ¿Sabía lo que era escribir? Son muchos elementos, pero es, sobre todo, escribir prosa, dijo el filósofo. Y enseguida disparaba: "Porque escribir poesía es, más que nada, *componer*, como se compone una pieza musical. Tiene que ver con mezclar, como se mezclan los elementos de una pintura. El lenguaje de la poesía no remite a otro significado y su significado está en sí mismo, en las propias palabras que utiliza".

Evoco los años juveniles. Sartre, un descubrimiento reciente hecho por un amigo, Jorge. Una buhardilla, la mía, otros amigos, apenas respiramos. La lectura de Sartre, Jorge y los demás, la marihuana. Vienen juntos, aunque pronto renuncio a la marihuana, me siento idiota riendo por nada, por un mal chiste; la dejo. Un amor pasajero que se complica: mi novia Lulú queda embarazada, pido ayuda, el aborto es ilegal, indicamos peyote, idea de Jorge, él me orienta pero tan mal que Lulú vomita todo el tiempo y nada que aborta, por poco muere deshidratada y el retraso continúa, de nada sirve que mi amigo estudie medicina, no nos cura, que yo estudie letras, no digo nada, que otros estudien filosofía, no entienden qué pasa, hasta que Lulú me llama por teléfono: fue un simple retraso, mis ruegos tuvieron efecto. Ni la ciencia, ni el arte, ni la reflexión sirvieron, sólo el rezo, las oraciones, Dios. Nos quedamos estupefactos.

La mirada. Sartre le dedica un capítulo entero en su abstrusa obra *El ser y la nada*. Pasarán casi cuarenta años para que el filósofo muera; quizá entonces se entere de lo que es la nada. Yo deberé esperar el doble de años para preguntarme acerca de la nada. Pero la mirada entre dos seres sigue siendo fundamental. Miro a Isabel. Miro el cuerpo de Isabel. Miro el cuerpo desnudo de Isabel, el espectáculo que me arroba y apasiona. Se lo digo y ella sonríe, y yo entiendo en ese momento lo que es el ser, pero no entiendo aun lo que es la nada.

¿Qué hago mientras tanto? Estoy en La Cabaña de la Escritura, en el poblado de San Antonio de las Trojes. Sí, pero ¿en qué me ocupo? Escribo. Sí, pero algo que sea importante, ¿qué hago que sea importante? Amo a Isabel. Pero Isabel viajó a la ciudad de México para sus actividades. Mmm… ¡bebo! Sí, como dicen que beben los cosacos, para combatir el intenso frío de la estepa. Bebo para combatir el frío y el aburrimiento. Es abril, no hace frío, realmente. Tampoco me aburro. Siento angustia. ¡Eso es! Bebo para abatir la angustia; la enfermedad me ha mostrado el final del camino, me dice que hay un final de ese camino, que el camino no es infinito; lo creí en mi juventud. Hay que ser maduro, aceptar las circunstancias de la vida; no, no soy maduro, no acepto las circunstancias de mi vida, el rey muere, Ionesco enloquece. Pero yo muero, soy el rey, yo muero. Y escribo. "La prosa, en cambio, quiere servirse de las palabras para algo más", continúo escolástico, siguiendo a mi ídolo Sartre. Entonces, "la prosa es el marinero rudo, el minero, el campesino que quiere decir algo y no sabe cómo, porque saber es un asunto difícil. La poesía, en cambio, no quiere decir nada más que lo que dice; y desea contemplar y sentir. Hay una cierta languidez de la poesía que la prosa no comparte".

¿Es mi texto o estoy copiando? Colonizado por las ideas de otros. Difícil encontrar las propias, los europeos las han abarcado todas. ¿Oriente? A saber qué es eso. Tengo alergia, sarpullido cuando escucho hablar de budismo o de detectives chinos, misteriosos y pendejos. Río solo. Me revuelvo en La Cabaña de la Escritura, duermo. Despierto. ¿Habrá regresado Isabel? No lo sé, no recuerdo cuándo marchó, no sé cuándo volvió, vivo con otra idea del tiempo. De pronto siento hambre, debe ser mediodía. ¿Desayuné? No lo recuerdo. Tomé café, estoy seguro. Continúo.

¿Por qué se escribe? Pienso en Marguerite Duras, en el bosque de pinos de su Casa de la Escritura en Neauphale-le-le-Château, en mi Cabaña de la Escritura en la Sierra Gorda. ¡Vaya pregunta ociosa! Y vuelvo con las viejas citas: "Ya que para nosotros un escrito es una empresa, ya que los escritores son vivos antes de ser muertos, ya que creemos que hay que procurar tener razón en nuestros libros y que, incluso, si los siglos nos quitan esa razón después, no hay motivo para que nos la quitemos por adelantado… con una voluntad decidida y con una elección, como esa empresa total de vivir que somos cada uno; en estas condiciones, conviene que volvamos a abordar este problema desde el principio y que nos preguntemos a nuestra vez: ¿por qué se escribe?"

Trotábamos como caballos jóvenes hasta que nos apabulló el sesentaiocho. Dicho así, el *sesentaiocho*. Jorge desapareció de mi vista; yo lo imaginaba en su facultad, una de las más activas en el movimiento estudiantil, mientras yo iba a dar a la de Economía formando parte de un comité de información a pesar de mi corta edad: quince, tal vez dieciséis años. Mi trabajo, con el de otros dos compañeros, consistía en recoger las noticias que se iban generando en los medios acerca de nuestro movimiento, especialmente en la prensa escrita. Esa "prensa vendida", como salíamos a gritar en las manifestaciones. El movimiento, según ella, era promovido por el comunismo internacional y por agitadores profesionales. Nuestra sociedad se mantenía provinciana, temerosa. En la marcha encabezada por el rector Barros Sierra apareció la fotografía del Che Guevara por todas partes y muchos se asustaron. ¿Tenía razón la prensa al considerar que tanta rijosidad provenía de los siniestros comunistas? México se ahogaba en la época de mayor represión y los cobardes periodistas escribían lo que les ordenaran con tal de conservar su trabajo y sus privilegios.

Han pasado cincuenta años de eso. Los gritos ensordecedores de miles de manifestantes. ¡Prensa vendida! Porque vamos circulando frente al edificio de una estación de radio. A una calle de las oficinas del periódico Excélsior levantamos los brazos apuntando en su dirección, grito que se repite: ¡Prensa vendida! Después el silencio: días, semanas, la multitud nuevamente reunida, ahora con el esparadrapo en la boca, silencio impresionante, es la clave: manifestación del silencio. La plancha del Zócalo a la vista, la entrada como un logro, el silencio cada vez más impresionante. Un discurso, no hay vítores, no hay aplausos, es el silencio como respuesta. El ejército merodea la Plaza de la Constitución, Palacio Nacional vacío, resguardado, alguien ha propuesto quemar la puerta principal y adentrarnos en él; desistimos, el silencio, única arma, la paz, la nula violencia, que hablen los políticos, ellos siempre lo hacen, el presidente extiende la mano en la portada de todos los periódicos, nadie recibe su invitación, el presidente propone el diálogo, el silencio es la respuesta, el silencio como única manera de "dialogar" con el poder. La manifestación se disuelve, algunos volantean todavía, otros retan a los granaderos. El poder triunfa, imposible atreverse a ir más allá. ¿Se prepara el Gran Golpe? Tomaron Ciudad Universitaria con todo y estadio olímpico y mural de Diego Rivera. Salimos corriendo a nuestras viviendas para refugiarnos, encarcelaron a algunos y el movimiento se pasmó por unas semanas; era el mes de septiembre.

Todos nos volvimos marxistas aunque no hubiéramos leído El capital –semejante ladrillo– y pronto hicimos nuestra la palabra *Revolución*. No la rusa, no la mexicana traída y llevada como trapeador por nuestra clase política, sino la del futuro: la que estaba esperando a los que éramos jóvenes entonces, más parecida a la cubana, que nos conduciría a una sociedad más justa, más igualitaria, en la que no necesitarías sacar 8 de calificación para ingresar a la universidad porque ¿quién podía sacar 8 si vivías en Iztapalapa o en la naciente Ciudad Nezahualcóyotl y tus padres fornicaban a dos metros de donde dormías, en ese cuarto redondo habitado por seis o más seres? ¿Cómo podías sacar 8 si debías salir temprano para recoger el periódico que luego vocearías a cambio de una escasa ganancia?

De París y Nanterre nos llegaban noticias. Habían tenido su propio movimiento: los estudiantes llevaban varios siglos ensayando su revolución y hablaban francés y lemas sofisticados: *Haz el amor, no la guerra, Prohibido prohibir, Soy marxista de la línea Groucho* (¿Quién carajos era Groucho Marx?). Nosotros, en cambio, nos desplazábamos del Pedregal de San

Ángel a los hoyos punk sin paracaídas ni red amortiguadora. Y estábamos ahora en la calle.

Hasta volver a la necedad. Tanquetas en las avenidas, soldados por todas partes, granaderos obesos persiguiendo a jóvenes esbeltos y ágiles, nuevas manifestaciones, manos enguantadas, masacre sobre una población indefensa: 2 de octubre. Cómo olvidarlo.

Militábamos. Antes, durante y un poco desilusionados después del 2 de octubre. Se nos llenaba la boca de citas de Sartre pero también de Lenin y de Marx. Desconocíamos las dimensiones del enemigo, un gobierno poderoso que de un papirotazo nos lanzaba al suelo, al hospital, a la tumba.

No supe dónde andaba Jorge esa noche, pero yo la pasé en el departamento de un desconocido que se compadeció de nuestra cáfila de terror ante las armas con bayoneta calada que portaban otros pobres diablos asalariados pero entrenados para matar. Y en ese departamento silencioso, a oscuras, con el miedo paralizándonos, escuchamos el golpeteo de las botas militares sobre los escalones que conducían al lugar donde nos habíamos refugiado. No dieron con nosotros, por fortuna. Y los disparos. Disparos que cimbraban las paredes externas del edificio, no era cohetería de celebración patria sino una realidad nueva, desconocida. Nosotros, quienes no habíamos asistido a más guerras que las que veíamos en el cine, nos encontrábamos ahora en medio de un tiroteo.

Nos disparaban. Era nuestra convicción. Nos disparaba un ejército con el mejor armamento disponible y nos apuntaba el oaxaqueño, el guerrerense, el chiapaneco, habíamos visto sus rostros morenos de rasgos indígenas por el pequeño hueco de sus cascos. ¿En qué se había convertido el país? Unos miserables disparando a otros miserables desarmados a nombre de la paz nacional. Tiraban a dar. El recuento incierto de los muertos se comprobó conforme pasaron los días.

¿Hubo muertos?

¡Que si hubo muertos! ¡Claro que sí!

¿Cuántos?

Nunca se sabrá. Se dieron cifras. Se inventaron números.

¿Habría bastado con uno?

¡Sí! Habría bastado con uno. Yo soy todos los hombres, el individuo universalizado.

Y sin embargo…

Y sin embargo…

Salí del lugar hasta el día siguiente guiado por el hombre que nos recibió en su departamento. Se dedicó con paciencia a acompañar a cada uno de nosotros simulando que éramos parientes. A los pocos días se inauguraron los Juegos Olímpicos en México. Desde París, los jóvenes franceses, tal vez un poco aburridos ya, seguían gritando: "Haz el amor, no la guerra". Pero habían vuelto a clases a obtener sus títulos de nobleza.

El asunto que se me presentaba era el de la escritura; debía definir, sobre todo para mí, qué era escribir y comprendí que hablaba de escribir ficción, de inventar y, por qué no decirlo, de mentir. No me detuve, había que responder: ¿Por qué se escribe?

Lo intenté otra vez de la mano de mi único guía: "Cada quien tiene sus razones," aseguraba. ¿Por razones psicológicas? La respuesta inmediata de Sartre es no, si por razones psicológicas entendemos una serie de lugares comunes popularizados por los medios y mal digeridos por la mayoría: "El complejo de Edipo, el trauma infantil, la escena primaria, la homosexualidad latente. Para éste el arte es un escape; para aquél un modo de conquistar…" ¿Por qué precisamente *escribir*, poner *por escrito* esas evasiones y esas conquistas?

Era ésta la pregunta fundamental. Y la más ingenua. Para no morir, que quiere decir, para creer que mi vida tiene algún sentido o que existe la inmortalidad. ¿De qué? Del alma, no de otra cosa. Para saberse vivo, que no es lo mismo que no morir. Para combatir el tedio, que es complemento de lo anterior, porque el tedio nos acerca peligrosamente a la muerte.

Isabel andaba por allí. Estudiaba; leyó los siete tomos de *En busca del tiempo perdido* por varios meses. Ella no perdía el tiempo. Curiosa paradoja: Proust diciéndonos cómo recuperarlo y sus lectores utilizándolo en leerle. Isabel se abismaba en la lectura, me inquietaba con su silencio y seis meses después me encaró:

—Ya entendí.

Había comprendido la sinfonía proustiana dividida en siete movimientos. Quedé pasmado; una joven que apenas cumpliría treinta me explicaba aquella música hecha literatura, la sonoridad de las dobles metáforas, el terciopelo de la cadencia verbal de Marcel Proust.

Vuelvo a estar solo. Estoy en la terraza de La Cabaña de la Escritura. Continúo mi ensayo mientras el sol rebrinca se estrella en mi sombrero en medio de una soledad que mucho me complace. Extraño a Isabel, ella permanece en la ciudad, se entrega a su trabajo. Yo holgazaneo entre libros. Agradezco a mi dios personal que me conceda estos momentos de soledad cósmica, única, irremplazable. Al mismo tiempo, añoro los controles fantásticos vistos en una vieja película: el verde la hará aparecer enseguida, el rojo la desaparecerá al instante.

Sin darme cuenta caigo en el *cul-de-sac* que deseaba evitar: la idea sartreana del compromiso. Titubeando, le doy un título: *La idea sartreana del compromiso y la escritura de ficción.* "Escribir significa un compromiso de tal magnitud, que cualquier otra actividad pasa a segundo término". Copio con entusiasmo una cita más: "Escribir significa creer en la libertad, en una libertad absoluta. Todas las artes consisten en crear un mundo rebosante de libertad, un mundo querido, meditado, construido por una conciencia, una conciencia libre".

Es lunes. Me pregunto ¿por qué está Isabel en La Cabaña de la Escritura? No lo sé, pero lo celebro. Ella explica que ha querido pasar unos días conmigo, ha suspendido momentáneamente sus actividades. La vida recobra el orden. Su cercanía redime el tiempo.

Estoy en la terraza de La Cabaña de la Escritura de nuevo, tratando de organizar el material de mi posible ensayo y, viendo a Isabel inclinarse sobre su cuaderno, escucho, a través del cristal de la enorme ventana de su estudio, que es, además, nuestra recámara, un pequeño sonido, el sonido del papel al estrujarse. Representa una sorpresa. Del interior de la casa proviene la música de Olivier Messiaen cuyo disco coloqué hace un momento; fuera, los pájaros hacen el escándalo de su despedida del día, a lo lejos suena la música insulsa de un vecino. Me pregunto: ¿Qué es ese pequeño trueno de las hojas de papel al desplazarlas? Miro a Isabel revisar su cuaderno de apuntes. ¿Me habré vuelto tuberculoso? Un dato clásico: oído de tísico, decía mi abuela o alguna de mis tías. ¿Chopin? ¿Kafka? ¿Los románticos del siglo diecinueve?

Hojea el cuaderno, escucho su sonido con todo detalle; Olivié Mesiaen y sus preludios para piano, el ruido ambiente, un cristal de por medio, el ventanal del estudio, el crujido del papel mientras Isabel pasa las hojas.

11

¡Claro que había conmiseración en la mirada de mis amigos cuando me reencontré con ellos! Era una expresión sincera. Sin embargo, yo sabía que a partir de ese momento me encontraba en desventaja. Como el maratonista que por allí del kilómetro veinte siente un tirón en el muslo; no es que todo esté perdido, simplemente ha surgido un obstáculo para su carrera y va apenas a la mitad. ¿Cómo será el resto?, lo acucia la pregunta y no sabe si terminará la competencia. A mí no me faltaba la mitad de la vida, de eso estaba seguro, pero durante lo que me quedara por vivir arrastraría el signo de la incertidumbre. Un estigma, no había duda. Tenía que arreglármelas con la comida, con el alcohol, con el sexo. Escribir no me preocupaba; se escribe en la cama de moribundo, se escribe hasta en el ataúd en lo que llegan los sepultureros. Pero los placeres que el cuerpo da y luego quita son escurridizos. Porque los médicos lanzaban su diatriba al final de la consulta: no beba en exceso; nunca supe lo que era beber en exceso porque siempre bebí en exceso, al menos a diario, aunque hacía tiempo que había abandonado el estruendo de la borrachera con sus olvidos y su malestar pocas horas después. Desde que llegué a cierta edad preferí el leve mareo que un par de copas o varias cervezas me producían, en vez de las arcadas y el giro de las cosas de un consumo desorbitado. Pero ahora estaba frente a la prohibición explícita y a mí me sonaba a sentencia bíblica por su fatalidad, a pesar de que la Biblia está plagada de relatos donde el vino corre como un río desmesurado. No, no era su impertinencia lo que me molestaba, era su significado de lugar común lo insoportable: no beba en exceso, coma frutas y verduras. No abuse de la sal, era el siguiente tópico. Duerma a sus horas. La vida se escapaba, los días pasaban a la velocidad de la partícula de Dios y alguien me llamaba a la calma. Y estaba el sexo. ¿Hacían mención de ello los médicos? No. Se imponía el pudor, así que sólo se trataba de una insinuación. Y yo me aferraba a mi mandato: nunca se ha demostrado que la actividad sexual sea deletérea para la salud, más allá de las recomendaciones obvias acerca del sexo seguro. No se hablaba de eso en mis consultas quizá por considerarlo irrelevante, a pesar de que había una cultura que se construía y deconstruía sobre un tema tan trivial. El tema y sus traumas y sus curas y sus locuras y las obras de arte que ha generado. En cuanto pude volví al relajo con Isabel, a la hamaca a la intemperie, al refocilamiento frente a la montaña vista a través de nuestro ventanal, al amor como una actividad que daba sentido a la vida obtusa que se me presentaba.

Escapaba cada vez que podía. De la ciudad, del atropello que nos provocamos unos a otros en cada esquina, de la desconfianza y la brutalidad adelantada. Lamentaba que Isabel debiera permanecer en el departamento, pero de cualquier manera escapaba. Montaba en el pequeño automóvil que poseíamos y marchaba lleno de ilusión con rumbo a La Cabaña de la Escritura. Otra vez el pensamiento puesto en Marguerite Duras. Su casa de campo en Neauphle-le-Château, su soledad o el acompañamiento del mediocre Yann Andrea, otra soledad. Pareja postrera, amante-secretario-hijo, un tanto enfermero, un sometido a ese huracán de pasiones (título para una telenovela) que era la Duras. Pero ella perseguida también por ese enfermero en que se convirtió Yann en los últimos años de convivencia: no haga esto o lo otro, tome su medicina, no beba tanto. Isabel y yo habíamos leído el torpe libro de Yann y nos juramos que jamás llegaríamos a esos extremos. Isabel no habría podido: era una joven intelectual con una vida más plena que la mía en esos momentos, con unos textos aterciopelados tras la lectura de su escritor favorito, Marcel Proust, y nos proponíamos forjar cada uno su propio camino —el mío ya casi concluido— sin que se nos ocurriera creer que el otro debiera salvarnos del posible fracaso. Lo habíamos cumplido hasta ahora y por eso Isabel permanecía en la ciudad, trabajaba con ahínco —era el castor, como llamaba Sartre a la Beauvoir— mientras que yo tomaba la autopista cincuenta y siete con dirección al norte y cantaba mientras conducía el auto y extrañaba a Isabel y cantaba de alegría y seguía cantando en un juego interminable, al menos durante las tres horas que duraba el recorrido.

Isabel llamaba a mi celular o me enviaba un mensaje. La iniciativa era de ella todas las veces. La amaba, era para mí el ser más importante pero no me salía hablarle. ¿Cómo explicar ese descuido? ¿Cómo hacer para que aceptara mi amor y mi olvido al mismo tiempo? Lo tomaba a broma en ocasiones, otras, se disgustaba, yo me amparaba en el "primero pinto" de Gómez a mi conveniencia. Descubrí que el arte es la actividad más egoísta, más solitaria: abandonaba todo y ni siquiera estaba seguro de que valiera la pena.

Inquieto, salía a caminar por el sendero del bosque de cactáceas y suculentas, rodeaba el monolito, pasaba el tiempo sin percatarme de lo que sucedía. Cuatro kilómetros a campo traviesa. No me extraviaba, pero de pronto no estaba seguro del camino por el que había andado. No era una alucinación: mi fantasía volaba con escaso control, pero algunas visiones eran ciertas; como haber topado con unos enormes toros pastando, el escroto colgando entre sus patas como una campana y su absoluta indiferencia a mi paso. También descubrí que había un hotel ecológico sin televisión ni automóviles, hundido en el bosque: la ilusión de la pureza y la salvación del mundo.

Sin darme cuenta había llegado al pueblo. Tras el recorrido desayunaba en una pequeña fonda de la población y miraba entrar y salir personas normales: comerciantes, campesinos, choferes. Jugaba a clasificarme entre ellos. No podía. Yo no era normal, aunque tampoco un desquiciado. Quedaba fuera de la taxonomía que me inventaba en ese momento. Regresaba en un autobús pequeño y destartalado que me dejaba a unos metros de mi hogar. Había corrido la gran aventura; a duras penas podría recordar cómo había sido la salida y ya estaba de vuelta ahora.

Debía levantarme de entre ruinas. Bella frase, aunque melodramática en exceso, pero reflejaba claramente mi reaparición en el planeta tras la enfermedad. Escribía en el lugar que fuera, en el tiempo que tuviera y me golpeaba la cara aquello de escribir *sólo* para mis iguales, yo, que escribía para la humanidad entera: los habitantes del Serengueti, los más de mil millones de chinos, los nómadas de la meseta de Mongolia y los ciudadanos de Ulan Bator. Resultaba un buen delirio que me sostenía. Así que, para la curación me refugiaba en La Cabaña de la Escritura, en ocasiones acompañado por Isabel, otras veces solo.

La Cabaña de la Escritura era muy disfrutable en primavera. El clima mejoraba notablemente y el 21 de marzo, precisamente ese día, acudían al monolito cientos de menesterosos espirituales a cargarse de energía solar. Solamente los que alcanzaban la cumbre eran visibles desde nuestra casa, porque sólo veíamos la parte de atrás del monolito. Pero, si se nos ocurría bajar ese día al pueblo, mirábamos la muchedumbre que escalaba la peña de Bernal. Puntitos blancos pringando el verdor del camino, como las hormigas de nuestro jardín que formaban hileras de bichos cargando su pedacito de hoja verde. Apostábamos que allá arriba algunos de ellos tomarían asiento en una piedra, adoptarían la posición de loto, el índice y el pulgar de cada mano formando un círculo, los ojos cerrados pero la cara al sol y un sonido gutural como mmm. Y al día siguiente volverían a sus empleos en un banco, en los despachos de abogados, en las oficinas de gobierno, pero felices porque habían hecho mmm sobre el monolito para cargarse de energía. Descreído, esos días leí a una autora francesa que cumplía setenta años: "La única ventaja de envejecer es que se carece de futuro". El libro me hacía un guiño; a Isabel provocaba una sonrisa compasiva.

El buen tiempo de calor nos sirvió para descubrir que cerca de La cabaña habían instalado una piscina grande que se llenaba con un ojo de agua termal de la región. Acudimos al lugar sin dudarlo; para ventaja nuestra era poco conocido aún y con frecuencia estábamos solos. Isabel disfrutaba nadar y yo disfrutaba viéndola nadar —ella había pertenecido al equipo de su escuela— mientras me sentaba bajo la sombra de un encino y fingía escribir; en realidad no dejaba de mirarla cruzar la piscina; la escena era mejor que la de cualquier ballet que hubiera contemplado; imaginaba la música, surgían partes de su cuerpo, se hundían, volvían a aparecer, abrazaba el agua con decisión, un acto amoroso, la espuma brincando con cada brazada sugería un festín que celebraban el dios del agua y una hermosa mujer-pez dispuesta a vencer la natural tendencia del líquido a devorarla. Por momentos desaparecía de la superficie y yo sabía que los dos aguantábamos la respiración al mismo tiempo y que soltaríamos el aire también de manera simultánea porque a la distancia alcanzaba a entrever ese mínimo movimiento que se daba en el agua ante la presencia de un objeto extraño. Cuando Isabel salía de aquella fosa fabricada nada más para ella escurría por todos lados hasta marcar su camino, ingresar a la zona de la grama donde yo me encontraba, abrazarme y mojarme por completo antes de envolverse en la toalla. Era lo que más deseaba, me dijo después, abrazarme cuando salía de la piscina antes de secarse, antes de pensar en el regreso, antes de finalizar la jornada; como los niños pidiendo un tiempo más y yo la secundaba: sí, un tiempo más de vida, un tiempo más de abrazos, un tiempo más de fiesta.

Un día, nuestra vecina gringa nos invitó a su casa en la población. Se festejaba un cumpleaños. La anfitriona era una psicóloga que vivía en la ciudad y tenía una espléndida residencia en Bernal. Nos entusiasmamos, por fin tendríamos amigos locales y nos vendría bien visitarlos.

Era una fiesta *temática*. Así la llamaron. Al fondo del jardín se instaló una enorme carpa cúbica, como las del desierto de cualquier película de ambiente oriental. Nos recibió la anfitriona con un entusiasmo que me sorprendió. Isabel la conocía, habían conversado alguna vez. Nos introdujo en la carpa. En un extremo, ocupando una enorme silla de madera llena de alamares en el respaldo había un hombre desnudo con un enorme turbante cubriendo su cabeza. A su derredor danzaban unas odaliscas, otras servían las viandas; estaban igualmente desnudas, con unos velos que cubrían sólo la nariz y la boca; portaban algunos brazaletes y anillos y sus cuerpos jóvenes nos rodeaban sin pudor. Isabel y yo nos miramos, intercambiamos sonrisas, apuramos nuestra primera copa.

A Isabel se le pasó la bebida y a media fiesta me dijo al oído: no me siento bien, ¿podemos irnos? Acepté de inmediato, yo me sentía igualmente ebrio, quizá un poco menos. Las meseras desnudas habían llenado nuestras copas con una prisa inusual.

Cuando recibimos la visita de otros amigos relatamos a dos voces lo sucedido. No nos pusimos de acuerdo acerca de lo que deseábamos contar y qué callar, así que de vez en cuando nos mirábamos queriendo decir ¿esto sí, esto mejor no? No deseábamos ocultar nada, estábamos entre amigos, pero ¿de verdad no se oculta nunca nada? La anfitriona ofreció llevarnos a La cabaña al mirar la condición de Isabel, la ayudó a tomar asiento en el lugar del muerto, como llaman los franceses al sitio del copiloto. Yo volvería por mi auto al día siguiente, me dijo. En el camino, la conductora colocó su mano sobre el muslo de Isabel, después la resbaló hasta el pubis mientras mi mujer se zarandeaba con los movimientos del auto. Yo estiraba el pescuezo desde el asiento de atrás y quitaba el brazo de la conductora diciendo algo como:maneja con las dos manos, en esta parte hay un barranco profundo. Ella me hacía caso un momento, después volvía a colocar su mano entre los muslos de Isabel. Sentí celos, pero apenas me daba cuenta de lo sucedido pues, en algunas curvas, caía sobre el respaldo de mi asiento y casi me ganaba el sueño.

Por fin arribamos a La Cabaña de la Escritura y la mujer quiso que le invitáramos una última copa; me negué rotundamente mientras Isabel bajaba del auto y trastabillaba hacia la casa, abría la puerta principal con dificultad y llegaba hasta la recámara; se tiró en la cama quitándose apenas los zapatos, pude darme cuenta después. Me deshice de la psicóloga casi a empellones y vi perderse su auto en la oscuridad del camino.

Al llegar a la recámara Isabel dormía en total inconsciencia. Debí desnudarla sin su ayuda, con un inevitable cosquilleo de placer al contemplar ese hermoso cuerpo que me pertenecía, pero al que poseía sólo con su participación. Dormimos desnudos como era nuestra costumbre esos días calurosos.

No todo lo contamos a nuestros amigos.

Se trató de una fiesta organizada para encontrarse con Isabel. Tenía la ilusión, lo entendí después, de que Isabel, escritora, vanguardista, de ideas progresistas, pareja de un hombre mayor, decidida mujer de libros antes que abnegada madre de familia, ampliara su horizonte aceptando una relación distinta. Quien la conociera comprendería su belleza procedente de una familia del levante español, que era como decir de algún ramaje árabe: los ojos oscuros, la piel morena, la cabellera negra ensortijada: ¿mexicana? ¿árabe? Sin embargo, nacida en México. Así es mi Isabel. ¿Se habrá enamorado de ella la psicóloga? Lo hablamos unos días después. Aceptó mi explicación y recordó algunos gestos anteriores de aquella mujer en el límite de la amistad y la coquetería: posar una mano sobre la de ella, recoger un rulo del cabello de mi mujer, que casi cegaba uno de sus ojos moros, invitarla con insistencia para volver a verse, sin tu marido, por supuesto, charlas de mujeres, reunirse en casa de la psicóloga para hablar ya no recuerdo de qué. Reímos un poco, no de los intentos de seducción de aquella intrusa, estaba en su derecho, convinimos, sino de cierto despiste de Isabel —y mío también— por no percatarnos de esa intención de emborracharla tan pronto como fuera posible y llevar su fantasía arabesca hasta sus últimas consecuencias. Convertiríamos esa historia en una obra de ficción.

12

Me citaban al hospital con regularidad, el sitio donde me habían operado. No me daban de alta, eso era distinto. Está usted bien, pero… Al principio cada treinta días. Después, cada tres meses. Señal de mejoría. Ya iba solo a la consulta. Isabel se ocupaba de sus tareas. Todo muy normal, muy exámenes de sangre de rutina y radiografías de control. Hasta que el médico que seguía mi caso dijo algo sobre un engrosamiento anormal de las paredes del estómago. Llamó a unos colegas, me hizo algunas preguntas: si dolor, si indigestión, si vómitos frecuentes. A todo respondí que no. Recuperaba peso, bienestar, sin embargo, se presentaba frente a mí El Conocimiento: caras de duda, preguntas dirigidas, una breve discusión técnica y su consecuencia, es decir, un nuevo estudio para una semana después. Se trataba de una sospecha que nada tenía que ver con mi enfermedad original. ¿No me libraba de una y ya tenía que enfrentar otra?

Salí del hospital con lágrimas disimuladas y con los papeles de mis próximas citas prensados en la mano como si no supiera —no lo sabía, en realidad— qué hacer con ellos. Caminé a tontas y a locas durante varias calles sin darme cuenta hacia dónde me dirigía. Renuncié a llamar al taxi como era mi costumbre.

Una semana después me encontraba de nuevo en el hospital tendido en una camilla con un aparato en la boca para impedir que la cerrara. Un médico introducía por ese agujero un tubo flexible y seguía su trayectoria con un monitor. El hombre joven a su lado hacía preguntas en voz apenas audible y el médico las respondía con el mismo volumen. Isabel esperaba fuera porque esta vez me indicaron ir acompañado. Nada le había dicho de la sospecha de los doctores, de mi propia sospecha y de que si esta se confirmaba mi sobrevida sería muy breve.

Terminada la maniobra regresamos al departamento. Seguí sin decirle nada y despertándome por mis pesadillas: íbamos ella y yo tomados de la mano camino a un cadalso. La certeza de los sueños es sorprendente; yo sabía, aunque no lo viera, que ese era el sitio a donde nos dirigíamos. Detrás de nosotros, unos médicos nos seguían para certificar mi entrega a los sepultureros. Nadie lloraba, el grupo aceptaba mi destino, incluyéndome. Todo en paz, menos la gran agitación con la que desperté a medianoche. Me dolía el pecho, me dolía el ser, mi corazón era una máquina a punto de desbielarse.

Unos días después me llamó el médico que había hecho la maniobra en mi estómago: todo normal, incluyendo el resultado de la biopsia, no tenía de qué preocuparme. Excepto, pensé sin decirlo, de mi enfermedad original. Mi condena a muerte recibía un aplazamiento humanitario. Debía agradecerlo.

No estaba salvado, tampoco condenado a corto plazo. La incertidumbre sería la marca imborrable de esos días. Con más enjundia volví a la escritura. "Escribo para no morir del todo". No recuerdo quién lo dijo. Lo hacía mío. Las tribulaciones del alma se combaten mejor con un duro trabajo intelectual. Tenía una muy clara: el temor de que reapareciera El Conocimiento y me sentenciara con la palabra última. Había recuperado mi peso normal; quedaban atrás los días de los tratamientos rudos, la tristeza de Isabel porque no me hacía comer con sus ruegos, con su buen gusto en los platillos, de la elección de una dieta blanda muy sencilla y por último aquellos licuados cargados de proteínas para mi buena nutrición. Apenas los probaba; mi pérdida de apetito era alarmante. Los tratamientos médicos tienen sus efectos indeseables, me explicaban. Más de una vez descubrí la desesperación en el rostro de Isabel, a veces el llanto y el tono de tristeza compartida. Así se consume un ser vivo, pensé al verme en un espejo de cuerpo entero: deja de comer, pierde peso, desaparece.

Pero era cierto, sin saber si estaba curado del todo, volvía a mi condición anterior, recuperaba mis setenta y cinco kilos normales, el color rosado de mi piel; reaparecían mis mejillas cubriendo los salientes huesos de mi cara que habían generado un gesto de azoro en los demás, me reconstruía. Desaparecieron las lágrimas contenidas de Isabel cuando me veía desnudo, enflaquecido, con la piel colgando por la pérdida de peso; volvíamos a nuestros encuentros sexuales, yo fortalecido, remasterizado.

13

Dejé de comunicarme con mi médico personal a pesar de que recibía sus mensajes, uno, inclusive, reclamando mi falta de respuesta hasta que, un día, me llamó por teléfono. ¿En qué momento le había dado mi número? No lo recuerdo, no recuerdo siquiera que lo hice. Era un buen hombre con quien había hecho una incipiente amistad que trasvasaba apenas la relación médico-paciente. Había decidido que nuestra relación no cambiara de rumbo, que no fuera más allá de esa relación epistolar moderna o posmoderna que me acomodaba bien. Pensé: ¿Para qué necesita uno los encuentros físicos si es la palabra lo que nos puede unir; pero no se lo dije:

—¿Portilla?

En la pantalla del teléfono aparecía la leyenda "Número privado". Habría contestado de cualquier manera, aunque lo hice con cierto disgusto pensando en algún vendedor haciéndome una oferta. No reconocí la voz.

—¿Sí?

Me dijo quién era. Me dijo que sentía alivio al escucharme, pensó que podía haberme sucedido algo malo.

—¿Morir, por ejemplo? —respondí con una pregunta.

Hubo un silencio incómodo. El médico lo rompió al fin:

—Bueno, saber cómo seguía. Faltó usted a su última cita.

—Discúlpeme, es un asunto un poco largo de explicar.

—¿Quiere colgar? ¿Lo molesto?

—No, de ninguna manera, es simplemente que no me he encontrado bien.

—Le recuerdo que soy su médico, que yo lo operé y he seguido su condición.

Me daba vergüenza, no su reproche amistoso sino lo que me sucedía. Se había reactivado la enfermedad. ¿Me atrevería a decirle que estaba acabado? ¿Comprendería lo que eso quería decir? ¿Esta vez sería la definitiva? Había vuelto a sangrar. No era posible otra explicación más que la enfermedad original. Había estado urdiendo un plan para que Isabel no se percatara de la situación. Le digo Sherlock de cariño, acaba sabiéndolo todo sin que yo se lo diga, sólo siguiendo algunas pistas. La convencí de que no me acompañara a mis consultas y aceptó ante mi aplomo y sangre fría; es una rutina, le dije, no es necesario que estés presente. Me miró con desconfianza, pero acabó aceptando. No me ocultarás nada, ¿verdad?, fue su condición.

—¿Bueno? ¿Portilla? ¿Sigue allí?

Contesté, di una explicación burda, estoy seguro de que no me creyó. Me arrancó el compromiso de que volvería a su consulta, que continuaríamos mi seguimiento. Me avergonzó saber que no cumpliría mi promesa.

El sangrado había reaparecido. La cantidad era escasa, pero de un rojo brillante, un color impetuoso. Había que realizar nuevos estudios. Me negué. Nunca más ese quinto círculo del infierno del hospital. Recuerdo a mi abuelo en su agonía. Hace muchos años, pero con la misma intención: salvarlo a como diera lugar, no importaba para qué. Pensé en *La traviata*, la moribundez de Violeta, la desesperación de Alfredo y la resignación del médico que la atendía, tan sobrio, aceptando el final sin remedio. La enfermedad: una epopeya del siglo diecinueve. ¿Qué obligó a ese cambio entre un siglo y otro? La postura actual de la ciencia médica es conseguir que el moribundo sobreviva de cualquier manera. Si quisiera volvería a preguntar a mi médico: ¿Por qué salvar a alguien? Es un triunfo de la medicina, sería su respuesta, lo estoy oyendo. No importa para qué sirva la vida que se salva, hay que hacerlo. Ningún médico decide si alguien debe seguir respirando, debe hacerlo respirar, eso es todo. Adivinaba su discurso y eso que no le había hecho ningún comentario sobre lo que me sucedía.

Me adelantó la fecha de la nueva consulta, no le dije que no habría próxima consulta y, un poco a la fuerza, evité nuevas comunicaciones.

No creo en Dios, carezco de ese consuelo. No poseo ningún atenuante. Tampoco puedo hacerme el valiente y enfrentar la muerte con estoicismo. Me echan de la fiesta, quiero seguir bailando, la música está sonando atronadora, han llegado muchos jóvenes, Isabel baila frente a mí en la plenitud de su vida. No quiero irme, no quiero regresar a casa porque no tengo otra casa fuera de este mundo, porque Isabel es mi casa. No irme todavía; nunca, de hecho.

Escribí un ensayo acerca de la enfermedad de Kafka. Esperaba tener tiempo para publicarlo. A raíz de mi enfermedad he reflexionado en la del escritor. Pensé en Kafka y en su primer vómito de sangre. Su curiosa reacción ante el hecho. Alguna vez lo comenté a ese buen médico que me atendió, no sé para qué, es un poco ingenuo, como todos los de su especie. Él buscaba de una manera sesgada llevarme a la curación completa; es su misión y está en juego su amor propio. ¿Le preocupaba como paciente? Aun así, yo lamentaría perder a un buen médico a cambio de hacer un nuevo amigo. Amigos ya tengo, lo otro escasea. Y, sin embargo, dejé de hablarle porque sé de ese espíritu inquisidor que tienen en su profesión. ¿Dónde duele? ¿Desde cuándo? ¿Cómo apareció y dónde se encontraba usted y que hacía y que tipo de dolor, que más sucedió? ¿Fiebre? ¿Diarrea? ¿Visión borrosa? ¿Angustia?

Lo decidí. Mi enfermedad era sólo mía. Ni siquiera pertenecía a Isabel. Siempre sentí una gran admiración por los antiguos estoicos. Era mi oportunidad de demostrarlo.

Y estaba mi ensayo:

"Este texto debería ocuparse, en exclusiva, de lo sucedido en la vida de Kafka después de la noche del 12 al 13 de agosto de 1917, fecha del primer síntoma grave, hasta el 3 de junio de 1924, año de su fallecimiento. Fue en 1917 cuando sufrió una hemoptisis interpretada como un vómito de sangre." Seguía con una cita del diario del escritor: *Si he de morir o quedar totalmente inútil dentro de poco [...] podré decir que me he destruido a mí mismo.*

Continuaba con fechas y otros fragmentos de su diario. Llamaba mi atención, sobre todo, sus extrañas reacciones ante hecho tan amenazador: *Hace unos tres años empezó* (la enfermedad), *en plena noche, con un vómito de sangre. Me levanté alterado, como nos altera siempre una novedad (en vez de quedarme acostado, como después me recetaron) y, naturalmente, también un poco asustado; iba a la ventana, me asomaba, volvía al lavatorio, daba vueltas por el cuarto, me acostaba; la sangre no cesaba. No me sentía muy desdichado, porque poco a poco advertía, por una determinada razón, que después de tres, casi cuatro años de insomnio, podría por primera vez dormir, suponiendo que la hemorragia cesara. Cesó y pude dormir durante todo el resto de la noche.*

"El diagnóstico de tuberculosis, hecho en su momento, pareció llenar de esperanza a Kafka: por fin tramitaría su jubilación prematura y podría dedicarse de lleno a escribir: *La libertad, la libertad ante todo. Por otra parte, está, además, la herida, de la cual sólo es símbolo la herida del pulmón.*"

Citando a un autor refería algo de gran interés, no para los médicos, sino para los escritores. ¿Lo hice a propósito?

"Con la aparición de la enfermedad, Kafka se libra del matrimonio, solicita por primera vez la jubilación adelantada de la compañía donde trabaja y fantasea con la idea de dedicarse sólo a escribir. La enfermedad como una liberación. Kafka hablaba de la muerte y de su propia muerte con un desparpajo que deja helados a sus lectores, sobre todo, en las cartas dirigidas a Milena. Ah, se nos olvida que a esas alturas que Franz intentaba seducir a la hermosa y matrimoniada Milena y que, en esas condiciones, un hombre es capaz de todo; hasta de tomar a la ligera la amenaza a su propia vida."

Rondaba, pues, el tema de la muerte y me doraba la píldora a mí mismo porque sesgaba mi ensayo por otros temas:

la biología, la muerte como parte de la vida y otros consuelos científicos bastante idiotas, porque escribía desde la atalaya del conocimiento en vez de hacerlo como correspondía: un conejo asustado huyendo del perro que me lanzaba dentelladas. Yo no quería irme de la fiesta y escribía de los genes que determinan el tope de la vida porque están programados para durar sólo un tiempo. Y remataba con uno de los pasajes que más me han conmovido de la obra de Kafka, la muerte de José K. en la novela *El proceso*; lo citaba textualmente: *Con ojos que se quebraban, K. vio aún cómo, cerca de su rostro, aquellos señores, mejilla con mejilla, observaban la incisión. ¡Cómo un perro!, dijo. Fue como si la vergüenza debiera sobrevivirlo.* Acababan de destriparlo.

Casi finalizaba mi ensayo. ¿Habría que esconderse del ser amado en lugar de ir a su encuentro? ¿Era mejor viajar en busca de mejores aires? ¿Me obsesionaba el autor o todo lo referente a él se había vuelto un lugar común? Un tiempo atrás había esbozado una novela con el tema de la vida amorosa de Kafka. La llamé, por el momento, *Las damas del crepúsculo*, queriendo centrarme en las mujeres que significaron algo en la vida del escritor. No la corregí y se convirtió en uno de esos proyectos que quedan entre un plan y una culminación. Hace ya algunos años de mi intento por escribir esa novela. Sentí el impulso de mostrarlo a Isabel; es buena lectora, pero recordé que requería aún de un proceso de corrección que no sabía cuándo podría hacerlo. No se la mostraría aún, aunque se la mencioné alguna vez. Nuestra vanidad de escritores no resiste una prueba de esa magnitud, así que me abstuve y me prometí revisarla con cuidado; después, consideraría la posibilidad de darla a conocer. Era claro, sin embargo, que se había convertido en un asunto a resolver con prontitud.

Me convertía sólo en reflexión y para mis contactos físicos me bastaba Isabel. De mi pareja requería su voz, su piel, su olor y su pensamiento, de mis amigos me bastaba con el pensamiento. La Cabaña de la Escritura y la aparición de Isabel cuando le era posible me colmaban; en otra época de mi vida me habría preocupado requerir tan escasamente el contacto humano, ahora más bien lo celebraba. Evitaba a los vecinos, a la gringa de la casa cercana la saludaba apenas y a la psicóloga que había pretendido a Isabel no pensaba buscarla. Y las horas pasaban justo a la velocidad que me convenía. En verano, a las ocho de la noche el cielo tenía un azul intenso, azul cielo, precisamente.

Sólo me carteaba con algún conocido. Me bastaba. Isabel iba dos veces por semana a tenderse en un diván para escrutar sus sueños, sus deseos, sus fantasías. Recordé que yo lo hice en alguna época de mi vida y me pareció bien sustituir al viejo confesor por alguien que escuchara, con la ganancia de que en el nuevo método el oidor guardaba silencio la mayor parte del tiempo y no daba consejos. Pregunté una vez a Isabel cuál método prefería, escribir o hablar ante un desconocido. Me respondió: cuando escribes lo haces ante muchos desconocidos, al menos es lo que deseas, y más silenciosos que el psicoanalista. Cuando escribes —continuó—, ni siquiera sabes si algo de lo que escribiste se te regresará. Además, ¿por qué elegir? ¿Si puedes hacer las dos cosas por qué dejar de hacer una? Tenía razón. Mis quejas eran infundadas. Disfrutábamos de una libertad inusitada.

14

La reaparición de mi enfermedad me hizo tomar dos decisiones dolorosas: visitar a mi hermano y dejar a Isabel.

Lo de mi hermano era una asignatura pendiente que me incordiaba como un divieso. Estuvo veinte años preso por haber matado a un hombre y quién sabe cuántos años más sin yo verlo. El muerto lo merecía, estuve convencido desde un principio. El hombre asesinó a mi madre, aunque nunca se comprobó que fuera intencional. Mi hermano y yo nos preguntamos: ¿Fue un accidente? El hombre la golpeaba, lo supimos luego. El hombre era mi padrastro, se llamaba Manuel Suazo y era un español que había emigrado a México durante la euforia de Lázaro Cárdenas en su apoyo a la república española. Pero Manuel Suazo no era republicano, tampoco un idealista, hacía un periodismo de pacotilla mediante la entrevista a bailarinas cubanas radicadas en nuestro país —otras migrantes—, a actrices de reparto y a actores que apenas despuntaban.

Yo era menor de edad cuando los hechos. No usé arma alguna; pudo aceptarse mi ignorancia para la comisión de un asesinato —premeditación, alevosía y ventaja, ya se sabe— lo cual no era cierto del todo porque en el camino para llegar a casa de Manuel Suazo, viudo de nuestra madre ahora, mi hermano lo dijo:

—Vamos a matarlo, no te hagas pendejo.

No pude echar a correr para alejarme de mi hermano Enrique y dejar que él continuara con su plan en solitario. En vez de eso, seguí a su lado, físicamente, quiero decir, a centímetros de él, y completé el viaje hasta los disparos. Me obligaron a declarar; esa fue la parte dolorosa del proceso: yo, aceptando que había visto cómo mi hermano hacía tres disparos sobre un Manuel Suazo indefenso, despatarrado sobre un sillón orejudo, mirando el televisor y sorprendiéndose de nuestra aparición en su casa, igual que un animal lampareado en la carretera, sin tener tiempo siquiera de reflexionar acerca de la muerte que se le venía encima.

Sucedió hace muchos años.

—Te toca— propuso mi hermano y me pasó la pistola.

Debía decidir. Sigo sin comprender lo que hice: quedé paralizado, el arma en mi mano y los gritos rabiosos de Enrique para que lo hiciera. ¿Por qué no aproveché la ocasión para desviar el brazo unos cuantos grados y disparar sobre él? ¡Sobre Enrique! Era mi oportunidad dorada, no se me volvería a presentar. El otro ya estaba muerto, pensé, ¿qué caso tiene? Bajé el arma. Siempre he pensado: ¿Si hubiera disparado contra el muerto habría conseguido algo? ¿Si hubiera disparado contra mi hermano, me habría librado de algo? ¿Procedí de la mejor manera? Después de tantos años, no atino a dar con la respuesta.

Cuando tuve el arma en mi mano dudé si disparar a la víctima —ya muerta para entonces con toda seguridad— o al otro, para salvarlo de lo que le esperaba: una vida de huido o cumpliendo una condena en la cárcel.

Mi hermano Enrique fue arrestado por asesinar a Manuel Suazo, no había manera de negarlo, lo vi, aunque no lo denuncié, lo había acompañado y estuve a punto de completar el delito.

Escribí una novela con ese tema. O un libro de relatos, según se vea. Relatos concatenados. Podían leerse como capítulos de una novela. No me preocupó el género al que pertenecía mi libro. Le dieron un premio de *narrativa* y, si las había, terminaron mis dudas.

Así que mi padre había muerto muchos años atrás, mi madre muerta hacía no tanto tiempo, mi padrastro lo mismo y mi hermano en la cárcel. No podía hacerme el desentendido, esa era mi vida: los muertos prematuros, los desaparecidos de mi entorno. Conté en el pasado con una familia que había visto por mí cuando era niño; ahora se esfumaba con muertes por situaciones que no comprendía del todo. Mi abuelo murió durante mi infancia, mi abuela unos diez años después, sus hijos —mis tíos— se dispersaron hasta volverse ilocalizables y aunque los hubieran sido lo único que podía esperar de ellos era que me miraran perplejos y me preguntaran: ¿Qué quieres? Estaba solo, cósmicamente, quiero decir, no había que darle vueltas.

A manera de una idea obsesiva seguía repitiéndome que mi hermano era un asesino. Había disparado un arma sobre el cuerpo del que fue nuestro padrastro y lo mató allí mismo, en su casa, sentado en su sillón favorito. Habían pasado varios años desde que ese hombre que se introdujo en nuestras vidas y asesinó a mi madre. Descubrí que una de las metas de mi existencia era alejarme lo más posible de esa estirpe de criminales: mi hermano y mi padrastro; que intentaba negar lo sucedido y reinventarme; yo no era ese accidente de la vida en el que aparecía un hombre al que siempre califiqué de "torvo" sin saber aún el significado de la palabra; asesino, aunque nunca pude comprobar su intención; la policía tampoco. Y, sin embargo, antes de eso vivimos con él, peleamos contra él, lo golpeamos cuando tuvimos la oportunidad. ¿Fue por venganza que él asesinó a mi madre? ¿Pero tuvo el deseo real de matarla? Nunca fue a la cárcel, nunca se le acusó formalmente de haber causado la muerte de ella de manera intencional y el hecho fue calificado de homicidio imprudencial. Eso bastó —y bastaba en aquel tiempo— para merecer un regaño, alguna multa de baja monta y la recomendación de ser más cuidadoso en el uso de las armas de fuego. Igual que manejar un automóvil en estado de ebriedad y atropellar a una persona, sin importar que se le cause la muerte. Si toma no maneje, si maneja no tome, unas palmaditas en la espalda, que no vuelva a suceder. Me pregunto si eso fue lo que enardeció a mi hermano hasta llevarlo a planear la venganza: comprar un arma, investigar el paradero del otro —desapareció en cuanto lo soltaron, no había pruebas—, estudiar sus movimientos, pasar a mi domicilio para que lo acompañara con la seguridad del odio compartido.

Nunca lo visité en la cárcel. Otra vez renegaba de mi pasado, de lo que él me había hecho según mi percepción; o había estado a punto de hacerme: si yo hubiera disparado también, si hubiera sido unos meses más grande y adulto, si hubiera elegido hacer fuego contra mi hermano y olvidarme de que el otro ya estaba muerto o si hubiera disparado sobre aquel agonizante. Significaron segundos para la toma de una decisión y todo pudo conjurar en mi contra; entonces, yo habría pasado unos años en la cárcel también. Mi destino estaría trazado y sería tan distinto; por tanto, era un contrasentido hablar de destino alguno: yo lo trazaba, lo torcía, lo hacía desaparecer y me colocaba en la condición de una botella en el mar, gobernada por fuerzas desconocidas, atenido tan sólo al oleaje caprichoso. Y con un mensaje dentro.

Cuando al fin salió libre apenas si me enteré. Debieron pasar más años para que un amigo común me lo notificara. No lo busqué, ni él a mí, al menos de manera inmediata. Y le guardé rencor algún tiempo hasta comprender que era la única persona a lo largo de toda mi existencia por quien podía sufrir aquel sentimiento que me repugnaba. Debía poner un remedio a eso, borrar de la memoria la escena capital de nuestro último encuentro. Teníamos ahora más edad, no sentíamos el menor deseo de vernos, conservé aquel sentimiento ruinoso para mí, quizá para él también. Y la imagen: tengo diecisiete años, sostengo un arma en la mano, pasa por mi pensamiento un deseo intenso de disparar contra él, acabar de una vez con aquella figura que me hostilizaba, que deseaba que me hiciera hombre a su semejanza, que me partiera la cara con un niño de mi edad, no de la suya, un niño tonto que le había mentado la madre, por tanto, nos la mentó a los dos, y un adolescente que poseía un sentido particular de la justicia: "No puedo rompérsela, es más chico". Yo, negándome, carente de pasión, tal vez con un poco de miedo, quizá el miedo me humillara un tanto, fingí indiferencia: "A mí no me ha hecho nada." "¡Cómo no! ¡Me mentó la madre, es la madre de los dos!" Entonces, me peleo con aquel niño muy a mi pesar.

¿Cómo buscar un reencuentro con mi único hermano y hacia el que tenía emociones tan enredadas? Debo admitir que durante nuestra infancia él no sólo me presionaba para que mi actitud ante la vida fuera de acuerdo con su deseo, sino que, igualmente, buscaba la manera de protegerme. Me orillaba a que yo sacara la casta, que pusiera mi pecho ante las balas y a que fuera un hombre cabal, pero, asimismo, lo conmovía que recibiera algún golpe, sufriera una caída o me desbarrancara. Le horrorizaba que yo saliera lastimado en cualquier situación. ¿Cómo conciliar los dos sentimientos? Su sobreprotección al lado de su necesidad porque mejorara mi arrojo. A falta de padre, pretendía sustituirlo. Imposible: él mismo requería de uno, de un hombre adulto que le indicara a diario cómo y por dónde. Veo a esos dos pequeños perdidos en las adivinaciones de una vida que les caía por asalto sin explicación y sin concederles tregua alguna. Y nuestro propio padre habría necesitado a su vez de un padre que lo llenara de instrucciones. Los tres requeríamos con urgencia la presencia de Zeus, un dios poderoso, mundano, lanzador de rayos omnipotentes y seductor de las mujeres hermosas que cruzaran su camino. Era el padre que habríamos deseado. Porque el dios cristiano nos fue insuficiente, al menos a mí: tan sufriente él, tan bueno y poca cosa frente al poderoso ejército romano. ¿Y el otro dios, el judío? Comprendí, ya muy grande, la razón por la que mi abuela y mis profesores de la escuela elemental evitaban El Antiguo Testamento lleno de fornicaciones, de venganzas familiares, de genealogías malditas. Demasiado real para los niños. Preferían una historia de sufrimiento, de crucifixión, al menos eso podía explicarse. Pero ¿un incesto, una familia decadente, la vida de un hombre que perdía su fortuna y se convertía en un repugnante escrofuloso sin protestar, sólo para probar su fe?

Lo busqué. Debía cerrar esa herida dada mi condición. Igual que los hijos abandonados por los padres o que nunca los conocieron, tenía que encontrarlo, tal vez llamarlo a cuentas, aunque me pregunté: ¿A nombre de qué le exigiría algo? Él era un ex convicto, yo, en cambio, un hombre puro, cuando mucho un poco rebuscado, pero yo no había jalado del gatillo, pude contener el impulso de asesinar a mi propio hermano, eso debía santificarme por el resto de mis días. Porque tenía motivos para disparar. La cultura no es suficiente, me dijo alguien cuando se lo conté. No comprendí. Volvió a decir: no es suficiente ante el impulso brutal que podemos sentir. Yo parecía un pobre sujeto de lento aprendizaje. Porque el impulso por destruir, por matar, está en nuestra esencia y sólo así recordé que algo había leído sobre el asunto: la pulsión de muerte, pensé, como si me hubiera hecho entender por un alumno obtuso.

Me convertí en un detective. Pregunté en algunos lugares a donde me llevaba mi intuición. Cuando estaba a punto de darme por vencido encontré a un viejo conocido de la colonia Roma quien estaba enterado de los detalles de la vida de mi hermano. Lo admiraba desde que éramos niños. "¿Quique?" Lo acababa de ver, vivía por aquí y por allá y no tardé en encontrarme frente a una puerta de fierro que daba acceso a una larga vecindad. Dudé todavía, pero llevaba varios días en mi empeño, no era cosa de arredrarse ahora. Miré la puerta que ostentaba el número que me habían dicho y esperé. Se escuchaba una música ruidosa en la vivienda de al lado. Más lejos, en el patio central, colgaban algunas prendas de ropa secándose al sol; las paredes de la construcción se descarapelaban como una piel enferma y en todas las puertas hacía falta pintura y asomaba el óxido. Al fin, di unos pequeños golpes con los nudillos y seguí esperando. Volví a llamar. Recordé los buenos modales que había aprendido de mis mayores en Ciudad Aldama, a pesar de que había pasado mucho tiempo y mi infancia había quedado atrás. Pero, como decía mi abuela en alguna de sus Lecciones Magistrales cargadas de los tópicos de su tiempo: "Lo que bien se aprende jamás se olvida". Siempre me gustaron sus proverbios, aunque ahora los consideraba pasados de moda. Imaginé lo mucho que habría disfrutado Proust recreando la escenografía que evocaba con tanta nostalgia y cómo su genio inagotable reconstruyó las costumbres, los vestidos, los sombreros, las conversaciones de los personajes y entre ellos frases como las de mi abuela: "Al que madruga Dios lo ayuda" y sin el menor pudor su contraria: "No por mucho madrugar amanece más temprano" y que a los niños de entonces nos enredaban en las enseñanzas de nuestra incipiente educación sentimental.

Así que esperé lo que supuse un tiempo razonable para que se hubieran escuchado mis llamados. Y cuando maduraba la idea de marcharme y tal vez intentar la búsqueda en otra ocasión escuché el ruido metálico de una cerradura y la puerta se abrió con lentitud, diría que con cierta majestuosidad. Frente a mí apareció mi hermano Enrique un poco aumentado de peso en relación con la imagen que yo recordaba, el cabello revuelto, el rostro abotagado, las bolsas de los párpados prominentes, mostrando claramente que iba despertando de un sueño profundo, tal vez cargado de alguna pesadilla. No esperaba que me reconociera de inmediato así que permití que se tomara su tiempo y después de una vaga pregunta, ¿diga?, o algo así, pareció comprender y agregó:

—Ah, hola. ¿Qué milagro? —y regresó al interior de su vivienda dejando la puerta abierta. Era obvia la invitación a pasar y, sin embargo, siguiendo mis propios esquemas pregunté:

—¿Puedo?

Entré, cerrando la puerta tras de mí.

—¿Y ese milagro? —repitió mi hermano al tiempo que se dejaba caer sobre un mugriento sofá que ocupaba gran parte del cuarto en el que nos encontrábamos. Resultaba difícil iniciar una conversación con alguien que no había visto por tantos años y que sin embargo significaba mucho para mí. ¿Era "un milagro" después de tanto tiempo, sin saber nada uno del otro? Era tan convencional la frase que parecía que nuestro último encuentro hubiera sido hacía unos días apenas. Hasta que, tras un parloteo insulso entre dos personas que no tienen nada que decirse soltó:

—No fuiste a la cárcel a verme. ¿Me pregunto por qué? —Frase lapidaria que me desconcertó del todo. ¿Por esperada? Tal vez. Me había hecho el valiente al presentarme en su vivienda y ahora no sabía qué responder. Me lo había preguntado muchas veces. Intenté varias explicaciones, ninguna satisfactoria. —¡Te daba vergüenza, estoy seguro!

Él no me visitó en el hospital, pensé, pero corregí de inmediato, no se habrá enterado. ¡Claro que me daba vergüenza! Y había vivido cargado de odio por un tiempo y más adelante, todavía, de indiferencia. Pero cómo iba a decir algo así en aquel momento y cómo explicar mi necedad para buscarlo después de tantos años. Me urgía despedirme. Así que permanecí callado, confundido. Siempre me había producido temor su presencia sin saber la razón exacta, pero esa vez me resultaba claro el motivo: me apenaban esos años en los que yo imitaba la vida desparpajada de mi escritor favorito mientras él se revolcaba en una pequeña celda acompañado por otro delincuente; que salía unas horas al patio de la prisión para tomar un poco de sol, como animal enjaulado, sin recibir visitas, sin que nadie diera dinero a los custodios para concederle un trato privilegiado, como se acostumbra; que se hacía de amigos de la peor calaña mientras yo no dejaba de asistir a reuniones en las que se hablaba de libros y de autores y de música y de pintura. Me sentí culpable y volvió a mi mente la frase que me rondaba desde que la había leído por primera vez: "Era como si la culpa lo fuera a sobrevivir"; Kafka la había escrito a la muerte de José K.

Salí devastado de la vivienda de mi hermano Enrique. Hice los ofrecimientos más convencionales en situaciones semejantes: lo que se te ofrezca, si necesitas dinero —¡como si no fuera obvio que lo necesitaba!— y marché con una amarga sensación en mi talante. Por supuesto, no hice ningún comentario acerca de mi enfermedad.

Convencido de que no quería volver a verlo y de que nada podría salvar la relación salí de su vivienda despidiéndome apenas. No comprendí en aquellos momentos que la vida es más duradera de lo que uno imagina y que el encuentro con los otros es impredecible y que existe una marca en las relaciones que nos perseguirá hasta nuestra verdadera desaparición física del mundo.

15

La otra idea, más triste, fue separarme de Isabel, perderme de su vista. No soportaba la idea de que me viera envejecer, enfermo menos. Envejecer ya es bastante, a pesar de lo que me dicen mis conocidos: luces diez años más joven. Siempre me sucedió; desde los tiempos en que la prohibición para entrar a ver algunas películas "sólo para adultos" era estricta: me impedían el acceso por mi apariencia infantil; debía cargar con una identificación que hiciera constar mi mayoría de edad y convencer al taquillero de que me vendiera el boleto; para esa época, la cartilla militar.

Sin embargo, ahora no puedo negar mis años. Mi aspecto supuestamente juvenil comienza a desbarrancarse; la enfermedad precipitó los acontecimientos. Y súbitamente lo decidí: iría a vivir cerca del mar, con el clima tropical que tanto me gusta, esperar la muerte en soledad. Dignamente. Miro el cuadro que hicieron a Isabel posando desnuda. *Nuestros años felices*, lo titulé. Lo éramos, inmensamente sanos y felices. El pintor que la dibujo mostró una sobriedad que no sentía, estoy seguro. Es la primera imagen que contemplo al despertar.

Me iría. Sin embargo, como en una novela que escribí hace algunos años, no le daría mi ubicación. Si escribí de eso alguna vez, era tiempo de ejecutarlo. No quiero que me veas envejecer, mucho menos si estoy enfermo, le dije aquella vez. No me tomó en serio; yo gozaba entonces de una vitalidad envidiable. Ahora, al repetírselo en un mensaje, la enloquecí.

En una casucha como a quinientos metros de la playa, escribo enervado, como el personaje de la novela *La marcha Radesky*: se había comprometido a batirse en duelo sin saber siquiera disparar un arma y tenía la certeza de que moriría al día siguiente. Pasó la noche escribiendo febrilmente un texto que le parecía indispensable redactar antes de su muerte. Las dos previsiones se cumplieron: concluyó su ensayo al despuntar el alba y perdió el duelo, es decir, murió poco después.

Siento que mi tiempo concluye. Vivo trasegando cantidades de alcohol que rebasan con mucho las que modestamente nos permitíamos Isabel y yo en La Cabaña de la Escritura. Me alimento con lo que lleva la empleada de una fonda cercana y duermo inquieto, despertando con frecuencia y apretando los dientes como si ejecutara un acto circense sin red protectora. Es claro que no puedo vivir sin Isabel. Ni siquiera los bellos atardeceres frente al mar me compensan porque no los contemplo con ella. Ni las borracheras que me hacen regresar tambaleante a la casucha que alquilo me sirven porque no bebo con ella. Ni los amigos ocasionales que hago en la cantina cercana llevan consuelo a mi alma ahora más atormentada que nunca. Nada puede amortiguar el impacto de esta soledad sentida hasta los músculos, porque no está ella.

Pienso en Hemingway, en sus monumentales borracheras en la soledad absoluta, sentado en la parte trasera de su automóvil, la cantina que había adaptado al vehículo y el chofer sumiso que seguía la ruta de las corridas de toro en España por indicaciones de su patrón. Pienso en las borracheras de Faulkner, una de las cuales le costó la vida al caer de un caballo quizá tan borracho como él. Y pienso en el caso de Joseph Roth que me contó mi médico, su espantosa muerte debida, no al delirio que lo atacó, sino a la estupidez de los enfermeros del hospital por amarrarlo, ocasionando que la angustia de ser devorado por las ratas que alucinaba lo llevaron al límite de su resistencia. No se me escapa del recuerdo aquella vieja película con Ray Milland, *Días sin huella*, en la que el escritor alcohólico llega al extremo de empeñar su máquina de escribir para poder comprar una botella de Whisky. ¡Un escritor empeñando su máquina de escribir! Como si un cirujano empeñara su bisturí. Como si yo alucinara y estuviera a punto de empeñar mi vida, es decir, mi *Maistertuck* de *Mont Blanc*, y tirara a la basura mis *cuadernos en octava*.

Días sin huella. Hermoso título que un mexicano con ingenio sugirió para el anodino *The lost weekend* gringo de esa película de los años cuarenta, favorita de mis tíos y tías y tema de conversación siendo yo un niño apenas. En Ciudad Aldama opinaban sobre la película. Mi tío Enrique, el médico, estaba obligado a hacer un diagnóstico del protagonista, explicar las causas de su conducta, disertar acerca del alcoholismo y, a esas alturas, insinuar algunas explicaciones freudianas: la fijación en la fase oral, la falta de amor en la infancia, la psicopatología de la angustia como un mal inveterado de ese tiempo, creí entender. El tiempo de la posguerra. Los niños de esos años no sabíamos que llegaríamos a ser señalados como las víctimas de las fuerzas telúricas de unos países europeos enloquecidos por la ambición y cuyos hijos morían de manera estúpida por razones que ni de grande llegué a comprender: la patria, el honor, la supremacía. Sólo un argumento hice mío: la defensa del territorio propio, aunque tardé un tiempo en saber de qué hablaba; de Darwin, dijo el maestro de la escuela primaria; el territorio significaba el trozo de tierra donde se había nacido, pero también las hembras que en él habitaban y yo me llenaba de vergüenza pensando en esas hembras, si para mí sólo existían dos: mi abuela totipotencial y mi madre. La perplejidad era mi signo de identidad, lo seguiría siendo por mucho tiempo.

¿Amaba a mis semejantes como para pensar en la guerra y el territorio y cierto pacifismo espontáneo que brotaba de mis entrañas? La guerra me parecía el acto incomprensible por definición. Me sentía incapaz de enrolarme en un ejército cualquiera y disparar un arma contra otro ser humano. ¿Qué iba a hacer en una guerra entonces? Pero lo otro tampoco: no estaba seguro siquiera de amar a todos los miembros de mi familia y pretendía hacerlo a toda la humanidad.

Aspiro a que el abandono de mi vida normal sea un acto de amor. Isabel dijo un día: si tú mueres, yo contigo. Era un disparate. ¡Claro que yo moriría antes que ella! Lo hablamos muchas veces. Intento que sea un acto de amor no decirle dónde me encuentro. En mi novela *El cerco de tu piel* el personaje central genera a su pareja un enorme sufrimiento con su desaparición. No pretendo eso ahora pero no soporto mostrar mi decadencia ante ella.

Estoy en un paraíso que me he fabricado de manera artificial: el sol y la playa y la carencia absoluta de responsabilidades. Encuentro atractiva la mujer que me asiste: tostada por el sol incandescente del lugar, no sólo morena; descuidada en su vestimenta, con cada movimiento muestra sus sólidas piernas, sus senos sin ropa interior se mueven bajo una camiseta delgada, pide que la monte el macho, fantaseo, esa como jugosidad que vierte en cada movimiento de sus menos de cuarenta años. No me interesa ser infiel a estas alturas, sólo la miro, ella ni se imagina. ¿Otra vez? El viejo chimpancé queriendo fornicar con cualquier hembra cercana, con su madre, con sus hermanas, con sus hijas, con la mujer ajena.

La mujer que me asiste, tostada por el sol, acabo de escribir. Me doy cuenta de que he escrito un disparate, eso me reconforta, me reconcilia con la vieja literatura porque es lo que estoy haciendo: literatura.

Humillado por lo que interpreto como los restos de mi deseo sexual miro a esta mujer maltratada por la pobreza y por el hambre crónica y, sin embargo, quisiera besar sus senos, meter mi mano bajo su falda desgarrada, recorrer sus muslos enflaquecidos, suaves y acolchonados a pesar de todo. Reacciono y recuerdo que pareciera que estoy en tránsito, bajando de un avión y corriendo para abordar otro. Estoy en tránsito entre la vida y la muerte, no debo olvidarlo. A pesar de eso quiero fornicar, invento que la mujer que trae mi comida es atractiva, creo que su sudor huele bien, creo que huele a hembra de la especie y todo junto lo tengo arrinconado en mi cerebro desde hace miles de años y me siento humillado por no ser capaz de dar un paso al lado para seguir un camino paralelo. Me asombro; me burlo de ese monigote que soy, y en un arranque inexplicable voy al poblado cercano porque en este rincón perdido del planeta no tengo buena recepción en mi teléfono y nula de internet. Busco con cierta ansiedad un cibercafé; quiero escribir a alguien más que a Isabel, pero ¿a quién? A quién puede importarle, me pregunto, me arrepiento, vuelvo sobre mis pasos.

Extraño a Isabel. Extraño la televisión, el entretenimiento, la paz del ser solitario en que me convertí a últimas fechas. Solitario y acompañado por Isabel. Y extraño mi buena salud de atleta olímpico que me hizo creer que viviría para siempre.

El sangrado no para. No es abundante, pero aparece todos los días. Me informa que algo se destruye dentro de mí. Voy a la playa, recibo las olas y pienso, esto es bueno y el sol me da en la cara y en el torso y pienso, esto es bueno y me siento bíblico y algo idiota cuando me comparo con la iguana que miro a la distancia reposando en unas rocas cercanas; se expone al sol también; no quiero asustarla ni que ella me asuste a mí, porque está estática, como yo ahora; los dos estamos ante el mismo peligro: en lo que nos percatamos del riesgo y escapamos habrá pasado mucho tiempo y será imposible salvar la vida. Demasiado tarde para correr.

Vuelvo al ciber-café. Me emociona y aterra encontrar uno más de los correos de Isabel. Porque han sido varios. Desgarradores. Suplicantes, amenazadores. Tienen todos los tonos imaginables del reproche. No los respondo ya. En los primeros que le envié intentaba una explicación. El tema se ha ido agotando. Se acerca a la resignación, interpreto. En este último siento ya su desaliento:

Querido mío:
Te fuiste sin decir dónde estás. Te reprocho que te conformaste con dejar apenas una carta de despedida —qué detalle tan romántico— arguyendo razones que no comprendo del todo. La edad. La enfermedad. Como si no supiéramos que las dos existen, que estaban presentes, una, desde que nos

conocimos, desde que nos enamoramos. La otra, de aparición reciente. Como si yo no hubiera aprendido lo que es eso, lo que es cuidarte antes de la cirugía y en la convalecencia. Como si no entendieras que el sufrimiento era compartido y que yo no era una enfermera que sólo me ocupaba de un trabajo. Son seres extraños ustedes, los hombres. Dicen que las mujeres son de otro planeta, hay libros mediocres al respecto, pero los intelectuales más serios lo creen también: las mujeres son extraterrestres, afirman. ¿Te darás cuenta, cariño? ¿Se darán cuenta de lo que están diciendo? No, no se dan cuenta, el mundo es de ustedes, lo crearon ustedes, lo sienten natural, les pertenece; a nosotras nos toleran, nos incorporan y los más avanzados hasta se manifiestan a nuestro favor. Nos apoyan en nuestros proyectos, dicen cosas como ¿en qué te ayudo? al tratarse de los hijos o de las labores del hogar. ¿En qué te ayudo? ¡No es mi trabajo natural y tú el ayudante generoso! Lo siento, tengo que decírtelo: ¡Son ustedes tontos! Son tontos-inteligentes, saben cuestiones enredadísimas, pero no entienden dónde ponerse los zapatos. Hay que explicarles: esos utensilios van en los pies y debes comprar unos nuevos de vez en cuando. No les importa que se les asome la barriga y a nosotras nos mata de vergüenza la nuestra. Algunas mujeres piensan que eso es mejor: que coma mucho, que engorde, así no les gustará a otras; yo no soy así, lo sabes. Para el caso es lo mismo, que no me lo quiten. Ustedes tan tranquilos, si los seducen apenas se dan cuenta, nos siguen amando, pero meten su pito en cualquier vagina que se les ofrezca, como si no fueran responsables de ello.

No te reprocho nada, mi vida, pero ¿cómo vivías antes de que me instalara en tu departamento y después, cuando estuvimos seguros de que nadie se colocaría en medio de nosotros? No teníamos La Cabaña de la Escritura, como la llamas, ni el departamento de ahora; recordarás que tu lugar era pequeño, aunque suficiente para ti y para mí, te lo digo ahora con nostalgia, como hacemos todas las mujeres enamoradas. Y tengo razón para sentir nostalgia: comías en fondas y restaurantes que encontrabas al paso, latas compradas en la tienda de la esquina, carnes frías de todo tipo, hasta las que se llenaban de hongos; queso, arroz —de repente te daba por prepararlo—, botellas de salsas varias. Algunas frutas en el refrigerador, abundantes cervezas. No me asustó tu forma de vivir, es hombre, me dije. Y lo amo. Te llegaron a cortar la luz por falta de pago, me dijiste, era parte de tu descuido. Podría pensarse en el caos, en la mugre por todos lados, sin embargo, cuando iba yo para quedarme contigo el fin de semana encontraba todo impecablemente limpio. ¡Oh, misterio! Una señora hacía el aseo del departamento dos veces por semana, lo supe después. Sobrevivías. Y las fondas y los restaurantes.

Te pregunto: ¿Necesitábamos algún trámite en aquel mundo que sellamos para los demás y del que surgió el compromiso amoroso que hemos respetado sin una mancha siquiera? Pende sobre ese amor la duda que ahora me consume.

He releído tu novela corta *Palimpsesto*, el relato que escribiste acerca de un adulterio cometido por el personaje masculino. Es ficción, dijiste, te creí, te sigo creyendo. No importa que lo hayas publicado por tu cuenta y me lo regalaras a mí y a nuestros amigos. El que hayas modificado los nombres no cambia nada, me diste una voz interesante pero que no era la mía. No me incomodaron los hechos, me aclaraste que ese personaje no eres tú y que la historia no es la tuya ni la mía, sólo imaginaste todo. Si tuvo algo de cierto no hice caso. Tú te cortarías la lengua antes que confesar. Acepté el juego porque somos escritores, sabemos a qué atenernos, sabemos que contamos nuestra vida y no, lo confirmé cuando estudié el doctorado. ¿Toda obra de ficción es autobiográfica, hasta los relatos de ciencia-ficción?, fue la pregunta que me hice y que te hice, tú, mi primer maestro, mi pervertidor. Me hiciste leer la novela de Juan García Ponce. No la has de recordar, estoy segura de que te confundes, tu memoria es una nebulosa no sé desde cuándo. Se llama *El libro*, te anoto el principio, te copio el principio: —*Enseñar es pervertir. Ustedes vienen aquí a perder su virginidad literaria; pero sólo para recuperarla después. Lo difícil en verdad, no es perder la virginidad, sino ganarla, conquistarla. Hay que ir a los libros desde el conocimiento, para que ellos, si son realmente grandes, mediante su propio poder nos devuelvan la inocencia.* ¿Lo recuerdas?

Tu respuesta contradictoria: sí y no, ya me lo habías dicho. Así que no salí de dudas, pero tampoco me convertí en tu perseguidora. En tu novela se registraban las versiones diferentes de los tres personajes: él, que no eres tú, la muchacha, que no es ella exactamente y yo, que jamás quise ser yo.

En fin, amor, te estoy escribiendo acerca de cuestiones que no ignoras. Intento comprender tus motivos para desaparecer. En *El cerco de tu piel* tratas el tema. ¿Te acuerdas cómo disfrutamos su presentación en La casa del migrante, allá en la Condesa? Una se va llenando de recuerdos, de grandes momentos, ustedes sólo los imaginan. ¿Por qué en la novela el hombre planea suicidarse ante el abandono de la mujer? Déjame que te cuente tu novela, la disfruto dos veces. Ella tenía otro hombre, lo traicionaba y él no pudo tolerarlo. Yo nunca haría eso, bien lo sabes. Ahora tú tienes otro motivo: ha reaparecido tu enfermedad, me lo dijiste en un correo y no quieres que pasemos de nuevo por lo que vivimos no hace mucho tiempo. ¿No lograré convencerte de que debemos hacerlo? Hasta que el cuerpo soporte. Comprendo. Siempre comprendo. Quieres enfrentar tu muerte solo. Me pregunto si tienes derecho. Yo aspiro a vivirla contigo. Nuestra muerte. También nuestro desacuerdo. Estoy desesperada, como el personaje de tu novela, pero eres lo suficientemente terco para llevar tu decisión hasta sus últimas consecuencias. Una vez te dije: si tú mueres antes que yo, yo moriré contigo. Reíste, te burlaste, ¿de qué estás hablando si te llevo tantos años?, dijiste. ¿No era de esperar que la vida terminara para ti mucho antes que para mí? ¿Por qué me sorprendo ahora si me lo habías advertido? Desaparecerás de mi vida como hacen algunos animales que mueren solos, sin aspavientos, con pleno reconocimiento de su majestad la biología. Ese es tu razonamiento.

Recuerdo un poema de Alí Chumacero que alguna vez te leí. No, te regalé el libro y anoté una dedicatoria; nos conocíamos apenas: *Bajo la luz, sueño con desaparecer.* Ahora el que desaparece eres tú; subrayé el verso. Lo aplicaré. ¿Podré hacerlo? Mientras tanto, no cejaré en mi empeño por encontrarte, igual que en tu novela.

Te fuiste, pero te encuentro en tus libros. Los libros escritos cuando estabas sano. Una se contagia de esa vitalidad, de esa desfachatez ante el absurdo de la existencia. Leías a Sartre, a Camus, a Ciorán, ¡Ciorán! y, como si hubieras ganado una gran batalla, te sacudías el polvo y sonreías. ¿A quién sonreías? ¿A mí? Estoy segura de que lo hacías antes de conocerme. Ni siquiera a Dios, porque no crees en Dios. Siempre me ha sorprendido esa costumbre: un optimismo invencible como si fueras a vivir para siempre. Pero me contabas cosas tristes de tu pasado; me parecía una época oscura, melancólica, la más pesimista de todas. Sin embargo, asegurabas que daba lo mismo una cosa que otra; decidiste reír, para empezar, de tus propias ideas. Cuando te tuve suficiente confianza te dije: estás para escribir un libro de autoayuda. Reíste a carcajadas, no sé si te acuerdes.

Como me llevas más de veinte años nuestros amigos —los recientes, claro— creen que yo te lleno de vida, te infundo el entusiasmo y el buen humor que te acompañan siempre, pero no es así; eres tú quien me hace vivir, porque yo, desde niña, supe que nada tenía un verdadero sentido, los padres, la familia, la religión que me machacaban. Una de mis hermanas me conectaba con un sentimiento amoroso; y los libros, los libros y las preguntas que me hacía desde muy pequeña: celebrábamos el día de las madres y yo me preguntaba, ¿por qué no se celebra el día del hijo? Es por los hijos que ellas son madres. El día que lo dije en voz alta mi madre me miró sorprendida, más que enojada, con una expresión parecida a la repugnancia. ¿Le daba asco yo o mi pregunta? Cuando crecí no fue ya sólo la mirada sino su conducta toda; el lenguaje corporal, como se dice ahora: evitaba abrazarme, no recuerdo un beso de ella, en Navidad estiraba los brazos más para alejarme que para fundirse conmigo en una felicitación. Hasta que llegó el momento inevitable de separarnos; tú fuiste el pretexto ideal. ¿Cómo se me ocurría relacionarme con un hombre de tantos años —¿cómo está tu viejito?, salúdame a tu viejito, fue el remate— que no se dedicaba a nada concreto, bueno, a escribir, a dar clases, y que tan sólo con eso no tenía problemas económicos, ¿cómo obtenía el dinero?; que no tenía horarios fijos, no vendía nada, ni tenía un negocio y para colmo, a su edad no había formado una familia ni había tenido hijos. Y no me digas que es tan descreído como tú. Esa historia la conoces.

Tus libros me conquistaron. Los libros que escribiste. Y tu discurso: las conferencias y tu conversación. Fue la palabra lo que me atrajo, yo, que buscaba, desde que recuerdo, una explicación de todo, no la simpleza de algunas respuestas: porque soy tu madre, porque lo digo yo, porque Dios, en su infinita sabiduría, tonterías como esas.

Preguntabas, y de pasó a mí, por qué trabajar tanto. Mi escritor favorito, J. M. Coetzee, hace decir a uno de sus personajes: *Por eso nunca fue mi príncipe azul. Por eso nunca lo dejé que me llevara en su caballo blanco. Porque no era un príncipe sino una rana. Porque no era humano del todo.* ¿Por más que te besara seguirías siendo una rana y nunca te convertiría en príncipe? Esta pregunta es mía, le faltó hacerla a Coetzee, pero Coetzee es hombre y está equivocado, aunque el personaje sea una mujer; el autor no alcanza a visualizar que algunas mujeres amamos más a las ranas que a los príncipes, así somos de torcidas y nos lanzamos al rescate de las causas sin remedio para dar un sentido a nuestra existencia.

Ahora te has escondido de mí. Escondido no es la palabra. Te ocultas, sí, pero por vergüenza; te apena tu declive, es lo que dijiste, tu inevitable dependencia de otros, de mí, principalmente; te entristece que yo te vea enfermo, ahora que sientes no tener los arrestos para superar la situación. Estoy segura de que también te enfurece no hacerme el amor con la enjundia que acostumbrabas antes de enfermar, como si tuvieras veinte años menos, como un héroe, un superhombre para pasearse desnudo frente a mí, con el miembro enhiesto, a punto de abalanzárteme y después alejarte satisfecho, pavoneándose como una fiera. Es cierto, me encantaba verte desnudo, me gusta todavía y el sexo contigo ha sido hermoso, nunca quise algo más. Pero ahora me cuesta trabajo convencerte de que eso ha pasado a segundo o tercero o cuarto plano y que el sexo es una bobería que siempre se puede resolver hasta sola. Si he sido celosa no es porque me preocupe dónde metes tu pito, me he sentido celosa de tu conciencia, de tu corazón, de tu mirada. El libro de Marguerite Duras trata de eso: *El arrebato de Lol V. Stein*. El arrebato debido a que su hombre mira de *esa* manera a otra mujer, no porque se acueste con ella. Quiero tu mirada, quiero tu conciencia. Escribí un libro de cuentos que espero publicar pronto: *Te comeré el corazón* es su título. De eso estoy hablando.

Otra vez tus libros. Eso es lo que me sedujo, eso reforzó mi vocación por escribir. Tus personajes femeninos siempre enaltecidos; parecieras comprender muy bien a las mujeres, pero no es cierto; hay un estado de iluminación que te hace describir a detalle algo que no te pertenece del todo y que tal vez ni siquiera entiendes. Una vez me dijiste citando a no me acuerdo quien: 'Yo es otro.' Tú eres otro en tus textos. Me decías: todo personaje femenino de mi obra eres tú. ¿De verdad? ¿Yo idealizada, yo real, o yo como tú desearías que fuera aún antes de conocerme? Si lo escribes y es un engaño tu afirmación, debo hacer mi parte como si fuera un lector... debo creerte.

Miro mi tatuaje, ese que me hice en el muslo izquierdo. Quiero creer que la frase sigue siendo cierta: 'Cada día, todos los días, elijo amarte.' Además, es tu letra sobre papel calca, no puedes olvidarlo. En realidad, recuerdo tus recuerdos, qué tontería. El tatuador hizo el resto. No quisiste acompañarme, te ponías nervioso, pero después cómo disfrutaste el resultado. ¿Te acuerdas? Te he creído siempre; estés donde estés, no tengo duda de que sigues amándome. Cada día, todos los días.

Tuya, Isabel.

16

"Este mundo no es nuestro lugar de residencia". Así lo escribe Coetzee. Le sugerí que lo leyera, ahora le pertenece a ella más que a mí. Nos pasó con otros escritores. Primero era de uno de nosotros, su descubridor, el otro husmeaba, seguía la apropiación. Ahora era Coetzee. Leíamos juntos alguno de sus relatos y nos deteníamos en frases como esa: "Este mundo no es nuestro lugar de residencia". La pronuncia un escritor imaginario llamado John Coetzee en un libro imaginariamente autobiográfico: *Verano*. Ella dijo: cuando sea grande quiero escribir como él. ¿Como el señor que hacía poemas en Mereville o como el profesor de literatura de la Universidad de Buffalo, en Nueva York?, pregunté. No, como el escritor de las *autrebiografías*, dijo. ¿Qué es eso?, pregunté, lo había olvidado. Algunos lo llaman biografía novelada, Coetzee les da ese nombre, respondió y pasó a enumerar: *Infancia, Juventud, Verano*.

Si este mundo no era nuestro lugar de residencia, ¿cuál sería entonces? ¿Cuál otro sitio más allá de La Cabaña de la Escritura, el pueblo de San Antonio de las Trojes, los cinco kilómetros que nos separaban de Bernal, más allá de la espalda de la peña, que era nuestra postal de todos los días? ¿Cuál otro que no fuera *el infierno de todos tan temido* o el cielo inexistente y la tierra como único espacio para caminar? ¿De qué hablaba —más bien, escribía— Coetzee cuando hacía esa afirmación que nos paralizaba?

Por suerte reaccioné. Fui al pueblo cercano para tener una zona aceptable de recepción y llamé desesperado a Isabel. Había pasado un mes y medio de mi desaparición, un poco menos desde que hablamos, y unas tres semanas que yo no respondía a sus llamadas. Lloró desconsoladamente al escuchar mi voz —y supongo que desde que en la pantalla apareció mi nombre— y después de reclamar mi silencio de tantos días, con voz suave me lanzó un reproche que resuena en mi cerebro y en mi corazón todavía: le había hecho un gran daño.

Volví. Regresé para no hacerme el desentendido por más tiempo. Había tratado de escapar, de esconderme y acabé dándome cuenta de que eso era imposible. Quizá algunos lo logren en su imaginación. No quiero quedar muerto como perro en el pavimento, con la cabeza destrozada y las tripas de fuera por el atropello. O que me encuentren en cualquier pocilga en la que me refugie, varios días después de mi deceso, las moscas a mi alrededor, el vientre hinchado y las patas para arriba. Existe un pudor ante la muerte, una dignidad a pesar de todo. Rescato la imagen de los últimos días de mi abuelo siendo yo un niño: en casa, rodeado por su familia y extinguiéndose poco a poco, igual que una débil flama. La imagen clásica, la más entrañable, antes de la enorme popularidad de los hospitales y el afán de supervivencia a toda costa. Prefiero enfrentar mi destino acompañado de Isabel y deshacerme de un delirio: si sobreviviré en otra forma de vida, si encontraré a mis padres muertos, si mi hermano morirá pronto para que nos dé alcance y todos estemos reunidos sobre una nube rosada, tal vez azul-gris por amenaza de lluvia, hablando como si nos quisiéramos, como si el tiempo no hubiera pasado y el buen humor nos hiciera reír en el país de la infancia. Como si nos repartiéramos regalos en nuestra Natividad laica —¿Cuál nacimiento estaremos celebrando?— y la vida fuera eterna y el amor cierto y las fantasías se cumplieran a cabalidad; como si fuéramos a vivir para siempre y poco nos importara que los demás desaparecieran. Así, poco a poco, cuando llegue el turno de cada uno.

Pero no la encontré. Era ella la que se marchaba ahora. Mi regreso se había retrasado más de lo soportable. Lo explicaba en una amplia nota de despedida.

Estoy solo en La Cabaña de la Escritura. Estoy solo, como solía decir que era mi gusto. Ahora lo dudo. Se ha ido. La condición ideal para arrancarme la piel, para extraerme las entrañas, como Mishima. A pesar de todo, no creo en mi propia muerte. No sé quién lo dijo, tal vez Sartre, si no fue él, debió decirlo, que uno se cree inmortal, son los otros los que mueren. Es tan aterrador dejar la fiesta que negamos la partida. Ni la mayor imaginación da para eso, para pensar en desaparecer para siempre. Se agolpan las palabras: eternidad, más allá, cielo, infierno y la única conclusión posible: el ridículo actorzuelo despidiéndose del público, que estará formado por dos o tres despistados que lo extrañarán.

Cuando era casi un niño murió mi madre de una manera más bien inesperada. Mi hermano y yo nos presentamos en el lugar un día después; para entonces, mis familiares habían resuelto todo: velorio, entierro, papeleo, firmas. Lo único que dejaron a nuestro alcance fue la imaginación. ¿Cómo habían sucedido los hechos? ¿Qué significaba perder a la madre a la edad que la perdimos? Para mí representó una ventaja: me volvería escritor con tal de explicarme lo inexplicable. No lo supe entonces, era demasiado joven, pero, agazapada, a punto de saltarme al cuello, se encontraba escondida aquella necesidad de escribir sobre la muerte de mi madre, acerca de la venganza que tramó mi hermano, describir el largo proceso que lleva a la convicción de desear escribir. Escribir como un destino ni siquiera decidido por mí.

Me sentaré frente al monolito que lleva allí varios millones de años, usaré mi pluma fuente Meisterstück de *Mont Blanc* y escribiré en mi cuaderno en octava lo primero que me venga a la mente, con tal de no impostar el título de escritor, con tal de no creerme que he recibido un don, con tal de que nada me distraiga de lo único que me interesa hacer por el resto de mis días: escribir.

AGRADECIMIENTOS:
A los compañeros de Taller 99: María Esther Núñez, Asbel Hernández, Alejandro Villagrán, Daniella Blejer.
Por su paciencia y buenas observaciones.

Este libro se terminó de imprimir en mayo del 2021.
La edición estuvo a cargo de Abismos Editorial.

www.ingramcontent.com/pod-product-compliance
Lightning Source LLC
Chambersburg PA
CBHW061529120726
48001CB00004B/1455